ひまわり荘の貧乏神

安曇ひかる

幻冬舎ルチル文庫

CONTENTS ✦目次✦

ひまわり荘の貧乏神

✦カバーデザイン＝吉野知栄（CoCo.Design）
✦ブックデザイン＝まるか工房

イラスト・鈴倉 温✦

ひまわり荘の貧乏神

五月の風が、取り付けたばかりのレースのカーテンを揺らす。少し伸びてきた前髪がさらりと靡《なび》いた。ガタゴトと電車の走る音が聞こえて、西澤理一《にしざわりいち》は日本に帰ってきたことを実感する。

「理一、ちょっと来い」

キッチンから、頭にタオルを巻いた譲二《じょうじ》が手招きしている。白いタオルが若干《じゃっかん》汗ばんでいるのは、彼が今日一日よく働いてくれた証《あかし》だ。

「なんだ」

「いいか理一、家庭ゴミは水曜と土曜。プラゴミは月曜。ビン・カン・ペットボトルは木曜だ。ここに一覧を貼《は》っておくから、くれぐれも間違えるなよ」

そう言って譲二は、ゴミ出しに関するルール表を、セロハンテープで壁に貼り付けた。

「それからさっきも言ったけどな、大家のばあさんはゴミには本当にうるさいんだ。しつこいようだがオレンジの袋がプラゴミ用。グリーンのが家庭ゴミ用。ペットボトルのラベルは剝《は》がして、ちゃんと中を洗って乾かしてから出せよ」

「ああ、わかった」

理一はうわの空で頷《うなず》いた。そして一体何年張り替えないとこうなるのかと、首を傾《かし》げたくなるほどささくれだった畳の上で、段ボール箱のガムテープをベリリと剝がした。黒マジックで『書籍・他』と書かれた箱の中から出てきたのは、懐かしいレポートだ。

「おい譲二、いいものが――」

「この間なんか、一〇一号の人が袋を間違えて出したらさ、部屋の前に戻されてたんだぜ。ばあさん暇だから、ルール違反すると誰が出したのか、わざわざ袋を開けて中身を――おい理一、聞いてんのか」

「聞いている」

「聞いてねえだろ全然。あのなあ、お前がゴミ出し間違えると紹介した俺まで」

「譲二、それより懐かしいものが出てきた」

箱から出てきたのは、学部生の頃に使っていた教科書や資料集、それに当時書いたレポートの類《たぐ》いだった。留学先には持って行けず、譲二に預かってもらっていた。

「自然科学総合実験のレポートだ」

「お前っ、そんなものまだ取ってあるのか。ていうかその箱、そんなものが入ってたのか」

もっと大事なものだと思って預かったのにと、譲二はぶつぶつ文句を言った。

「そんなものとはなんだ。担当の大西《おおにし》教授、覚えているだろ。とても印象的な仮説を立てる人だった」

「いや全然。理一、そこのハサミよこせ。お前はまったく、カーテンの値札が付いたままだ」

理一は視線をレポートに注いだまま、傍らのハサミを譲二に手渡した。

「大西教授の理論は基本的には正しい。しかし残念なことに二百年前で止まっている」

「はいはいはいはい」

譲二は眉間《みけん》に中指を強く押し当て、「始まった」と首を振った。長年の付き合いで理解している事実だが、譲二は頭痛持ちだ。理一の話の途中、しばしばこうして眉間を押さえる。

「僕は今回、プリンストンのスペンサー教授の下《もと》で一年間学んでみて思い知った。すべての分野における最先端というものは、常に研究者の頭の中にしか存在し得ない。研究が論文になり文献になる頃には、いつだって研究者たちはその先を行っている。だからこそ学生たちはもっと積極的に研究テーマを見つけ、果敢に関わるべきなのに、日本の学生ときたら嘆かわしいことに」

「理一、冷蔵庫の脱臭剤はどこだ」

「脱臭剤？　さあ」

「昨日買っておけっつったろ。ったく」

脱臭剤がないことの方がよほど嘆かわしいと、譲二は大きなため息をつき、二畳ほどの狭いキッチンへ向かった。

理一は、都南《となん》大学理工学部で物理工学を学ぶ大学院生だ。専攻は理論化学。化学的な現象を熱力学・統計力学・量子力学の理論に基づき、理論的・体系的に研究する理論化学は、ひらたく物理化学とも呼ばれる。一昨年博士課程へ進み、昨年書いた光分解反応の論文で博士号を取得した。

しかし博士号は理一にとって目標でも目的でもない。ミクロの世界における分子や電子の動きを常に思い描き、なぜそうなるのか、何がその動きを誘発するのかを解析する。理一の興味の対象は常に研究そのものであり、日々研究に没頭できる喜びこそが生きる糧だ。

アメリカニュージャージー州のプリンストン大学大学院への派遣留学を決めたのは、博士号を取得した直後だった。一年という短い期間ではあったが、世界最先端レベルの研究に関わることで、研究者として大いに成長できたのではないかと自負している。

「回覧板にはちゃんと判子を押せよ。二〇一から回ってくるから、二〇三に回すんだぞ」

仏頂面とは裏腹に、引っ越し業者のトラックが去った後もこうしてかいがいしく世話を焼いてくれる男・本山《もとやま》譲二は、理一自身、数少ないと自覚しているところの友人のひとりだ。専攻こそ違うが学部時代からの同級生で、現在も理一と同じ博士課程の大学院生だ。

留学を終えて帰国した理一を、思いも寄らない事態が待っていた。住んでいたマンションの部屋を、一年間の約束で知人夫婦に貸して行ったのだが、理一の帰国直前になって奥さんの妊娠がわかった。体調が思わしくないので、安定期に入るまで引っ越しを待って欲しいと懇願され、困り果てた理一は譲二に相談。彼の『俺んとこのアパートならいつも空き部屋だらけだぞ』というひと言に縋《すが》ったのだった。

夏になると、庭にたくさんのひまわりが咲き誇るというのが気に入った。花の名前をほとんど知らない理一だが、ひまわりくらいはわかる。

「だいたい片付いたな。んじゃ俺、そろそろ帰るわ」

キッチンをあらかた片付け終わった譲二が、居間に戻ってきた。

「ありがとう。おかげさまで助かった」

「あ、そうだ、両隣くらいには挨拶《あいさつ》を――」

言いかけて、譲二は眉間に皺《しわ》を寄せた。

「どうした。また持病の頭痛か」

「俺は頭痛持ちじゃない。隣のことだ。一応教えておいた方がいいと思って」

譲二は、東側の壁、つまり二〇三号室を顎《あご》で指した。

「実はな、二〇三には、人ならざる者が住んでいる」

「人ならざる者?」

「神さまだ。それもただの神さまじゃない。貧乏神だ」

「貧……乏神」

複素基底関数法による光イオン化断面積の計算はわりと効率的にできるが、理一の脳は俄《にわか》に貧乏神をイメージできなかった。

「昔話に出てくんだろ。こう、背中を丸っこくしてさ」

「申し訳ないが、僕は昔話というものをあまり知らない」

三歳の頃、一番興味があったのは相対性理論だった。

「桃太郎くらいは知っているだろ」

「ああそれくらいは知っている。確か、竹藪《たけやぶ》の竹を切ると中から桃が出てくる話だ」

もういい、と譲二は首を振った。頭痛でないなら首でも痛めているのだろうか。

譲二によると、二〇三号室には坊上《ぼうじょう》というひどい猫背の少年が住んでいるらしい。極度の近眼らしく牛乳瓶の底のような眼鏡《めがね》をかけ、春夏秋冬継《つ》ぎ接《は》ぎだらけの綿入れを羽織り、時折近所のスーパーに出かける以外は、滅多に姿を現さないのだという。

「とにかく見た目が強烈に貧乏神なわけだ。ザ・貧乏神って感じで」

「実際彼は貧乏なんだろうか」

「金持ちがこんなクソボロいアパートに住むか？」

「少年ということは、まだ高校生か」

「いや、学校に通っている様子はないから高校生ではない。大学生でもない。多分……」

譲二はそこで、自分たち以外誰もいるはずのない部屋をきょろきょろ見回し、声を潜めた。

「俺が思うに彼は、男娼《だんしょう》だ」

「だんしょう？」

「ダンは男。ショウは女へんに千昌夫《せんまさお》の昌」

「すまない。センマサオがわからない」

「お前っ、千昌夫を知らないなんて」

絶望したように譲二が口ずさむ昭和の歌謡曲は、案《あん》の定《じょう》理一の知らないものだった。しかし都会で暮らしながら遠い北国の故郷を思う歌は、なかなか心に沁《し》みるものがある。何より自分が生まれてもいない時代の歌を、よくもまあいろいろと知っているものだ。パンクな見た目で日本人の心を熱く語る譲二を、理一はほんの時々尊敬する。

「要するに男版の娼婦だよ。男と寝て、金取って、それで生活してるんだ」

わりと大きな声で譲二は言った。最初に声を潜めた意味がないだろうに。

「隣の坊上くんという少年が、その男娼だというのか」

「俺の部屋、二〇三の真下だろ。上の声とか音とか、まる聞こえなんだ」

「この造りだからな」

「二〇三号には、昼夜を問わずいろんな男が出入りしている。たまに女も来る。で、男が来ている時に限って聞こえてくるんだ。いわゆるそういう時の、そういう声が」

譲二の話では、女性が来ている時にその声は聞こえないのだという。

「彼はなぜ男娼なんかしているんだ」

「知るかそんなこと。人にはそれぞれ事情ってもんがあんだろ。まあ、回覧板はちゃんと回すし、ゴミ出しのルールも守ってるみたいだし、通路で会えば軽く会釈《えしゃく》くらいはするし、特に何か問題があるってわけじゃない。ただお前が挨拶に行って、びっくりするといけないから一応教えておく」

親切な友人はそう言い残し、自分の部屋へと帰っていった。

貧乏神で、男娼で、少年?

ひとりになった部屋で、理一は首を傾げる。

なんだかよくわからないが、いずれにせよそう長い付き合いにはなるまい。

「暗くなる前に、面倒なことは済ませてしまおう」

理一は『ご挨拶』と熨斗《のし》を巻いた包みを手に立ち上がった。


ここ——ひまわり荘は、有《あ》り体《てい》に言って古い。正確にはおんぼろ。ボロボロだ。道行く人が思わず二度見する凄絶《せいぜつ》な外観はもとより、部屋の壁にはまんべんなくひび割れが走り、床は平衡を保つことを放棄し、居間は畳なのにスリッパが必要という有り様だ。無論風呂もシャワーもなく、歩いて五分のところにある銭湯を利用しなければならない。築年数すらもはや不明なのだという譲二の言葉も、あながち冗談ではなさそうだ。

しかしながら理一にとって、住む部屋が新しかろうが古かろうが大した問題ではない。アパートはしょせん帰って寝るだけの場所。毎日夜遅くまで研究室のコンピュータに向かっている理一にとって、住処《すみか》の絶対条件は屋根があることと冷蔵庫が置けることのみだ。ちなみに洗濯機はみながそうしているように、玄関脇《げんかんわき》の外通路に置いた。

二〇三号室の呼び鈴を押すと、キン、コッ、ン、と壊れかけの音がして、ほどなく中から

「はい」と声が聞こえた。

「どちらさまですか。新聞なら間に合ってますけど」

突然の訪問者を訝《いぶか》る声は、確かに若い男の、どちらかというと高めに澄んだトーンだ。

「隣に引っ越してきた西澤と申します。ご挨拶に伺いました」

「えっ？　あっ、はい、ちょちょちょっとお待ちください」

ひどく慌てた声がして、ドアが開いた。

「すみません。最近、新聞の勧誘がうるさくて」

ドアの隙間《すきま》からぬっと現れたのは、身長一七八センチの理一より頭半分ほど小柄な少年だった。およそ櫛《くし》を通したとは思えないぼさぼさの髪。厚さ五ミリほどもあろうかという丸い眼鏡。そしてその小さな身体《からだ》に羽織られた、あからさまにサイズの大きい季節外れの綿入れは、唐草模様の生地の上に、市松模様の布で継ぎ接ぎがされている。

よほど寒がりなのだろうか。しかしダマだらけのスエットの裾《すそ》から覗いているのは、裸足《はだし》。

――この子が貧乏神？

意図せずじっとその顔を見つめると、貧乏神はちらりと理一の顔を見上げ、数秒間凝視した後、なぜかその頬《ほお》をサーッと朱に染めた。

「一〇三号の本山くんの紹介で、二〇二号室に越してきた西澤です」

「ぼ、坊上と申します。わからないことや困ったことがあったら、いつでも言ってください」

「ありがとうございます。これ、つまらないものですが」

包みを差し出すと、貧乏神は「こ、これは」と後ずさった。

「これはまっ、まさか、銀座ライオン堂の水ようかん」

「甘いもの、ダメでしたか」

引っ越しの挨拶にはどんな品が適当なのかがわからなかった。タオルとか蕎麦《そば》とかだろうと譲二は言っていたが、タオルを見つけるより先にたまたまライオン堂の前を通りかかった。

「いえいえいえいえ、とんでもない。好きです。大好きです」

「なら受け取ってください」

「はい……ああでもこんな高級品をいただくわけには……でもライオン堂の水ようかん、ものすごーく美味《おい》しいって聞いてます……ああでも、いただくわけには」

貧乏神は手を出したり引っ込めたりしながら、ひとり何かと闘っている様子だった。

「この時期に転勤ですか?」

闘いながら、貧乏神が尋ねる。

「僕はまだ学生なんです。大学院生ですが」

「院生さんですか。そうですか。なんかすごく格好いいですね」

院生の何が格好いいのかわからないが、貧乏神は水ようかんと理一を交互に見比べ、さらにその頬を赤くした。

五月の午後五時。夕刻とはいえ気温は二十度を超えている。顔を上気させてまで綿入れを羽織っている理由がわからない。

「つかぬことを伺いますが」

「はい、なんでしょう」

「坊上くんは、風邪でもひいているのかな」

へ？　と口を開いた瞬間、貧乏神の眼鏡がずり落ちた。

現れたのは、水ようかんならぬ、玉ようかんを彷彿《ほうふつ》とさせる大きな大きな黒目。

こんな、こぼれ落ちそうな目をした生き物を知っている。動物には一切興味のない理一だが、スペンサー教授の孫娘が飼っていた、あれは確かチワワとかいう小型犬。

「ああ、この半纏《はんてん》のことですね。風邪じゃなくこれはただの習慣で……そういえば外はもう暖かいんですね」

五月ですもんねと、貧乏神はずり落ちた眼鏡のつるを持ち上げながら、少し恥ずかしそうに頭をかいた。

「あまり外に出ないもので」

「坊上くんは、学生さんでは」

「ないです。一応働いていているんですけど、ここが仕事場なんです」

「ああ……」

やはりそういうことか。こんな愛らしい見た目をしているのに、一体どんな事情があるのだろう。理一はひっそり眉《まゆ》を顰《ひそ》めた。

「あの、おれもひとつ、西澤さんにつかぬことを伺っていいでしょうか」

「どうぞ」

「下のお名前、なんとおっしゃるんですか」

「僕の名前？」

はい、と頷き、貧乏神はまたぞろ赤くなる。綿入れを脱げばいいのにと思う。

「理一です。理科の理に、数字の一」

「理一さん……理一、理一さん……素敵なお名前ですね。理一さんですかそうですか」

ぶつぶつと呟《つぶや》きながら、貧乏神はふふっと微《かす》かに笑った。

きみはまさに物理の申し子だと言ったのは、高校時代の担任教師だったろうか。しかし二十六年の人生において、素敵な名前などと称された記憶はないし、繰り返し呟いてもらえるほど素敵な名前だといった自覚もない。貧乏神は不思議なことを言う。

「坊上くんは、なんというのかな、名前」

聞かれたので聞き返した。ただそれだけのことだったのだが。

「おれは……」

綿入れの裾から飛び出した糸くずをくるくると指に絡めながら、貧乏神はもじもじ俯《うつむ》いた。

「……んです」

声が小さくて、よく聞き取れなかった。

「びん？」

理一が何気なく聞き返したその瞬間、貧乏神は大きな瞳《ひとみ》をさらに大きく見開いた。

「びっ、びんじゃありません！」

その声の大きさに、理一は思わず一歩後ろへ飛び退《の》いた。

「りんです！　り・ん！　凛《りん》とするの凛です！　にすいに、こう、なべぶた書いて、その下に回るって書いて、その下にのぎへん書く、凛です！」

ベニヤの剝がれた玄関ドアに、指で巨大な漢字を書き、貧乏神――凛は、八月の夕焼けほど顔を赤くした。頭からしゅーしゅーと湯気を出して怒っている。

「大体びんってなんですか、びんって。びんなんて名前、あるわけないじゃないですか。おれは日本人ですよ。こんなに色白なのにサウジアラビア人に見えますか？　バカにしないでくださいっ！」

バタンッ！　と眼前でドアが閉まった。

と思ったらすぐに開いた。

「せっかくなので、これはいただいておきます！」

理一の手から水ようかんの箱をひったくり、凛はふたたび勢いよくドアを閉めた。

「…………」

理一は瞬《まばた》きも忘れて立ち尽くした。

幼い頃から、どんなにぼーっとしていても「賢そう」と言われた。真《ま》っ直《す》ぐに通った鼻筋や涼しげな目元が、周囲にそんな印象を与えるらしい。しかし今の自分は、少なくとも賢そうには見えないだろう。口をぽかぁんと開いたまま、閉じることができない。

——なんだ、今のは。

ようやく我に返り、理一はふるふると頭を振った。

名前を間違えられたことが、それほど癪《しゃく》に障ったのだろうか。あんなに怒りを買うとは思いもしなかった。あれほど他人を怒らせたのは、生まれて初めてではないだろうか。

ほんの数分の間にいろいろな「人生初」を経験した。

気を取り直して部屋に戻ろうと一歩踏み出した理一だったが、次の瞬間ぎょっと身を竦《すく》めた。いつの間にか通路の真ん中に、巨漢の猫が丸まっていた。ふてぶてしい視線と態度には愛嬌《あいきょう》の欠片《かけら》も感じられない。

理一は動物が嫌いだ。正確には、体温のある生き物全般が苦手だ。小鳥からゾウまで、色形大きさに関係なく嫌いだ。触れることはもとより近づくことさえ躊躇する。相手から近づかれるのはもっとダメだ。

今日はよほどついていないのか。

自室まであと五歩のところで、理一はやむを得ず交渉を始める。

「そこを通りたいんだが」

猫がふああと欠伸《あくび》をした。

「すまないが、ちょっと退《ど》いてもらえないだろうか」

できるだけ丁重に願い出たつもりなのに、デブ猫はこちらを見向きもせず昼寝を決め込んでしまった。

「おいお前。そこの猫。猫さん」

僕の部屋の前で寝ないでくれ。と、語りかけたところでおそらく通じまい。

理一はやむを得ず、たった今目の前で閉められたばかりの扉をノックした。

「どちらさまですか。新聞なら間に合って――」

「隣の西澤です」

「…………」

たっぷり十秒の沈黙の後、ふたたびドアが開いた。空気が痛いほどピリピリしている。不機嫌丸出し大きな瞳が、分厚いレンズの奥で「今度は一体何の用だ」と告げていた。

「坊上凜くん」

びんじゃなくて凜だよね、わかっているよ、という親しみを込め、わざとフルネームで呼んでみた。できるだけにこやかに。

「凜でいいです」

「では凜くん」

「なんですか」

「きみはさっき、困ったことがあったらなんでも言ってくれと僕に言ったよね」

「言いましたけど？」

「実は困ったことが起きた」

バカにするなと怒鳴られてから、まだ三分も経過していない。凜は胡散臭《うさんくさ》そうにその目を眇《すが》めた。このまままたドアを閉められたら終わりだと、理一はすかさず猫を指さした。

「あれをなんとかしてくれないか」

「あれって……そいつですか？」

「そうだ。その猫がそこにいると、僕は部屋に入れない」

はあ～？　と凜は無言で顔を歪《ゆが》めた。

「近づけば逃げるでしょう」

「近づけないからこうして頼んでいる」

「猫アレルギーなんですか」

「詳しい検査をしたわけではないが、特段アレルギー体質ではないと思う。しかし場合によってはそれに近い状況が起きうるというか」

なるべく正確に説明しようとする理一を、凛は「もういいです」と遮《さえぎ》り、このアパートの備品だと言っても誰も疑わないほどくたびれたサンダルに、ツン、ツン、と足を突っ込んだ。男なのに足の爪《つめ》がきれいだ。

「おいで」

凛は茶色いまん丸にそうっと近づき、鮮やかな手つきで抱き上げた。

ぶみゃぁ〜ごぉぉ、とデブ猫は、その見てくれどおりの実に可愛《かわい》げのない声で鳴いた。

「うわぁ、お前可愛いな。うーん、もふもふだ。あ、こら、そんなに暴れるなよ」

——可愛い？

眼鏡を掛けていても凛の視力は相当悪いに違いない。自分の顔の倍もあろうかという巨体に頬を寄せ、親しげに話しかけている。

「近所の飼い猫かなあ。野良かなあ。こんなに可愛いのに退けろだってよ？　ひどい人がいるもんだね。今度から、昼寝はおれの部屋の前でしな」

やんわり嫌味を言われていることはわかったが、何はともあれ障害物はとりあえず排除できた。やれやれと、理一は自室の玄関ドアに手を掛ける。

「助かったよ。ありがと——」

ひと言礼を告げようと振り返った理一は、猫を抱いた凛の身体が左右にゆらゆら揺れていることに気づいた。可愛い猫に出会えて、嬉しくて踊っているのかと思ったが、どうやらそうではないらしい。

凜は突然カクンと膝《ひざ》を折り、通路に蹲《うずくま》るように崩れ落ちた。

「お、おい！」

理一の声に驚いたのか、デブ猫は凜の腕をすり抜け、階段方面へズドドドと逃走した。

「凜くん、大丈夫か。どこか具合が悪いのか」

貧血だろうか。それとも持病でもあるのだろうか。慌てて抱き起こしたその身体は、ぐったりとしていた。

「だ……じょぶ、です」

凜は目を閉じたまま、ふうっと吐息を漏《も》らす。

「病院に行かなくていいのか。なんなら救急車を」

「病気じゃ、ありませんから」

「けど」

「ちょっと、お腹《なか》が……空いて」

少し恥ずかしそうに凜が告白した。一昨日からほとんど何も口にしていないのだという。サンダルが片方脱げ、骨の浮いた白い足の甲が露《あら》わになっている。同じように足首も男とは思えない、なんとも頼りない細さだ。さっきは気づかなかったが、綿入れの下に着たTシャツの襟ぐりは伸びきって、ところどころ生地が解《ほっ》れている。

『金持ちがこんなクソボロいアパートに住むか?』

譲二の言葉を思い出した。

「ちょっと待っていて」

凛の身体を壁に預け、理一は玄関に飛び込んだ。昼食用に焼いた肉が残っていた。実は譲二に焼いてやった分なのだが、彼はまったく箸《はし》を付けず、自ら買ってきたコンビニ弁当を食べていた。遠慮したのだろう。

冷蔵庫を開け、皿を取り出しレンジでチンしてラップを剝がす。

「これを食べなさい」

通路から玄関のたたきまで、凛を引きずって運び、理一は皿を差し出した。

「昼の残り物ですまないが」

「お肉……?」

壁にもたれかかった凛が、うっすら目を開けた。

「お腹が空いているんだろ。遠慮はいらない」

「でも」

「二種類ある。気に入った方を食べればいい。無論両方食べてもかまわない」

少し強引に「さあ」と箸を差し出した。しばらくの間、戸惑ったように瞳を揺らしていたが、やがて香ばしい肉の匂いに鼻先をひくりと動かし、ゴクンと唾《つば》を飲み込んだ。

「すみません……それじゃ、いただきます」

「手前のはオイスターソースで炒めたものだ。そっちの唐揚げは骨付きだから気をつけて」

理一の話に頷きながら、凛はむしゃむしゃと肉を頬張り始めた。一瞬「ん？」と首を傾げたりもするが、食べっぷりは豪快だった。倒れるくらいだから相当空腹だったのだろう。気の毒に思った理一はジャーを開け、ご飯茶碗に白飯を山盛りよそった。

「肉だけじゃ食べにくいだろ」

「え、そんな、ご飯まで」

「ただの白飯だ」

「本当に、なんとお礼を言えばいいのか」

すみませんと呟く凛の頬に、先刻までの血の気が戻ってきた。こんなにきれいな桜色の頬を、理一は生まれて初めて見た。

幼い頃から動物嫌いだった理一は、通学路で野良猫に餌付《えづ》けをするクラスメイトをいつも遠くから傍観していた。野良猫に懐かれて何が楽しいのかわからなかったが、たった今、彼らの気持ちが少しだけ理解できた気がした。

野良猫は嫌いだが、餌付けという行為はちょっと楽しいかもしれない。

「礼などいらない。残り物なんだから」

玉ようかんな瞳を潤ませ、凛は「ありがとうございます」と小さく頭を下げた。

「さっきは怒鳴ったりしてすみませんでした」

「こちらこそ、名前を間違えたりして失礼したね」

いいえと首を振る凜のぼさぼさの髪から、シャンプーのいい匂いがした。身なりこそ貧しいが、風呂のない生活の中でもちゃんと銭湯に行っているのだろう。

玄関のたたきに体育座りをし、凜は黙々と肉を口に運ぶ。そしてなぜか時々ふと首を傾げ、傍らの理一を見上げる。「美味しいかい？」と無言の笑みで問いかけると、凜は何か言いたげに複雑な笑いを浮かべ、また黙々と箸を動かした。

「全部食べていいからね」

「……はい」

「ご飯のおかわりもあるから」

「……あの」

オイスターソース炒めの方をあらかた平らげたところで、凜は皿の縁に箸を置いた。

「もうお腹いっぱいなのか」

「いいえ、そうじゃないんですけど、あの」

「だったら遠慮せず」

「あのですね」

凜は二度三度と言いあぐね、ようやく意を決したように言った。

「とても、弾力のあるお肉でした」

「この肉はそれが特徴だからね。味は鶏肉に似ていてさっぱりとしている」

「ということはやっぱり、ただの鶏肉じゃないんですね」

心持ち引き攣《つ》った表情で凜は言った。その視線は皿の上の肉に釘《くぎ》付けだ。

「ただのも何も、鶏肉ではない」

なんだ肉の種類を聞きたかったのかと、理一は微笑《ほほえ》んだ。

「これはね、ワニの肉だ」

「ワ……」

ひゅっ、と凜が息を呑《の》む音が聞こえた。

「なっ、んでっ、わわわ、ワニ」

「僕は体温のある動物が苦手でね。だからさっき、きみに猫を退けてくれと頼んだ」

「けど、なんで、ワニ」

「体温のある動物そのものだけでなく、その肉も苦手で、一切食べられないんだ」

子供の頃、無理に食べさせられ失神したことがある。よって食卓の基本は野菜と魚になるわけだが、時折肉が欲しくなった時のために、冷凍のワニ肉などを通販でまとめて購入しておく。大きめの冷凍庫を装備した冷蔵庫は、理一にとってテレビよりもエアコンよりも大切な家電だ。

「ワニ肉は低脂肪・低カロリー・高タンパクな上に、非常に上質なコラーゲンを含んでいる。その上ジューシーで、炒めても揚げても美味しく食べられる。最近は通販で手軽に手に入るようになって昔よりずいぶん便利になった。この頃は、半加工品や最初から切り身になっているものもあって」

「ということは、この骨付きの唐揚げも、鶏肉じゃないんですね」

さっきひと口だけ齧《かじ》った唐揚げを睨《にら》み付けながら、凜は声を震わせた。

「もちろん」

鶏肉の唐揚げなど食べたら、間違いなくその場で意識を失うだろう。

「と、とっても特徴的な形ですけど、えっと、これはご自分で包丁か何かで形成を」

「いや、そのものずばりの形だ」

「つまり、最初からこの形の生き物……」

「おしなべて、彼らはO脚だ」

凜の声がますます震える。

「や、やっぱり、これは、脚なんですね……ということは」

「日本ではあまり一般的ではないが、世界の様々な国において、カエル肉は古くから食されている」

「カッ、カカッ、カッ」

やっぱりと言ったくせに、凜はひゅーっとさっきより長く息を呑み、両手で口を押さえながらよろよろと立ち上がった。

「カエル肉は唐揚げにするのが一番美味しい。僕の個人的な感想だが、もしかするとワニよりクセがないかもしれないね。そもそもカエルは――うわっ！」

カエル肉についての基本的な知識を伝授しようとした理一を肘《ひじ》で突き飛ばし、凜は勢いよく玄関を飛び出していった。

「お、おい、凜くん」

慌てて追いかけようと靴を履いている間に、凜は自室のドアを閉めてしまった。

バッターーーンッ！　と、今日一番の大きな音をたてて。

玄関に残されたのはカエルの唐揚げが載った皿と、投げ出された箸、そしててんでの方向を向いたぼろぼろのサンダル。

――何がなんだか……。

さっぱりわからない。開け放たれた玄関ドアの前で、理一はうむっとひとつ唸《うな》った。

出会ったばかりの隣人についての情報を整理しようとするのだが、情報のひとつひとつが強烈すぎて、どこから整理すればいいのかわからなかった。大学の研究室にも一風変わった人間はたくさんいるが、凜のようなタイプにはこれまで出会ったことがない。

まず表情が豊かだ。ああいうのを小顔というのだろうか、とにかく顔が小さくて、眼鏡の奥の目玉はこれでもかというほど大きく、くるくるとよく動く。そこに映し出される自分の顔を確認できるほど、黒々と艶《つや》やかだ。

手足はか細く、綿入れに包まれた身体はかなり華奢《きゃしゃ》だ。髪はぼさぼさだが抱き寄せてみるとシャンプーのいい香りがした。ふんわりとした、優しい香りだった。肌は白くきめが細かくて、指先でそっとなぞったら気持ちがよさそうな気がする。

何よりその言動が面白い。行動学や心理学は専門外だが、それでも刺激に対する人間のごく一般的な反応くらいは心得ているつもりだ。しかし凜の反応は、ことごとく理一が持ち合わせている常識の範囲を逸脱していた。

「興味深い。実に」

と、そこで理一は気づく。他人の身体に触れたのは、一体何年ぶりだろう。

緊急事態だったとはいえ、満員電車以外の場所で他人とあれほど身体を密着させた経験は、少なくとも浅い記憶にはない。

それからもうひとつ。研究以外のことに興味を抱《いだ》いたのはいつ以来のことだろう。

うむと腕組みをし、理一はしばし思案に暮れた。

「坊上……凜」

その名を口にしてみる。壁の向こうからは、トイレの水を流す音が響いていた。

＊＊＊

ずっ、ずっ、ずっ、ずっ……。

一歩足を踏み出すたび、サンダルの底が地面を擦る。凜の足にＬＬサイズはあまりに大きすぎるけれど、前の住人が置いていったものなのでありがたく使っている。普段用の履き物はこの一足しかない。他にお出かけ用の革靴を一足持っているが、履く機会は年に数回だ。

「お、あったあった」

ようやく着いた近所のスーパー。凜はいそいそと、目的のワゴンに向かう。

【今日の特売品／プルンチョ（一箱百円・お一人様三箱限り）】

売り切れていなくてよかった。

「まずは定番のイチゴ味を二箱っと。これは外せないんだよね。あと一箱はオレンジ……うーんちょっと冒険して、パインかマンゴーにしてみようかな」

見慣れた箱を手に、凜はしばし悩む。新発売のバナナ味を早く食べてみたいのだけれど、残念ながらバナナ味は特売になっていなかった。

スイーツが大好きな凜は、中でも冷たい牛乳と混ぜるだけのお手軽なデザート・プルンチヨをこよなく愛している。名前のとおりぷるんぷるんとしたあの食感が、たまらなく好きなのだ。懐にも優しく、お腹もいっぱいになる。冷蔵庫の中にプルンチョが入っているだけで、凜は幸せな気分になる。

一箱を、だいたい三日くらいに分けて食べるのが常だが、生活費が底を突いてくるとプルンチョはその座を、デザートから主食に格上げされることもある。凜の夢は、プルンチョ一箱分を一気食いすることだ。いつかバケツくらいの大きなボウルに、なみなみとプルンチョを作って、ひとりで一度に全部食べてみたい。

「いつもありがとね」

レジのおばさんに小さく会釈を返す。レジ横に置かれた三百九十八円の弁当が美味しそうでちょっと心が揺れたが、そこは我慢だ。贅沢《ぜいたく》は敵、と心で三回繰り返した。

スーパーを出ると、ちょうど昼休みなのだろう、近所の会社のOLらしきふたり組とすれ違った。

「でしょでしょ、あれ面白いよねえ」

「新刊も最高だよ。今度貸そうか」

「あ、嬉しい。ほんと私さあ、最近完全にはまっちゃってるんだ、凜々たまご」

ぎゃっと叫んでしまいそうになり、凜は思わず口を押さえた。不審な顔で振り返る女性たちから慌てて視線を逸《そ》らし、凜はプルンチョ三箱入りのエコバッグを抱えて、全力でその場を後にした。

「ああ……びっくりした。いきなりだもん」

全力疾走でひまわり荘に戻った凜は、錆《さ》び付いた階段の手すりに片手をかけ、呼吸を整える。彼女たちは何も悪くないし、むしろありがたいと思っているのだけれど、ああいう不意打ちは本当に心臓に悪い。

凜の仕事は小説家だ。『凜々たまご』というペンネームで恋愛小説を書いている。しかし極度のあがり症と赤面症のため、デビューからずっとメディアに顔を出すことを拒んできた。大きな賞こそ取ったことはないものの、ありがたいことに少しずつ世間に名前が知られてきて、この頃ではファンレターなんていう分不相応なものも、時々届くようになった。本来ならもう少しマシなアパートに住むこともできるのだけれど、わけあって今のところここひまわり荘を出て行く予定はない。

それにしてもファンの生の声を聞けるなんて、滅多にない体験だった。しかも褒めてくれていた。面白いと言ってくれていた。戻ってお礼を言いたいくらいだ。じんわりと嬉しさが湧《わ》いてきて、凜は遅ればせながらスーパーの方角に向かって「ありがとうございます」と合掌した。

「プッルンチョ～、プッルンチョ～、甘くて爽やかプッルンチョ～～♪」

ふんふん、とCMソングを口ずさみながら階段を上る。

「あの人とぉ〜、一緒にぃ〜、食べたいプルプルル〜〜ン♪　あの人とぉ……」

二〇二号室の前で、凜は足を止めた。

「……ドラム式。しかも最新モデル」

前の住人が置いていった二層式洗濯機を、まだ大事に使っている凜にとって、ドラム式はエアコンと並ぶ高嶺《たかね》の花だ。こんな高価な家電を買える人間がなぜこんなアパートに？　と不思議でならないが、とにもかくにも隣人は一瞬にして凜のハートをがっちり摑《つか》んだ。

その顔を思い出すと、我知らず頬が赤らむ。

西澤理一。一週間前、この部屋に引っ越してきた大学院生だ。

太すぎず細すぎずの真っ直ぐな眉と、涼やかに澄んだ双眸《そうぼう》。まるで角度のバランスを計算したかのような鼻筋に、少し薄めの唇。たちまち凜の視線は釘付けになり、心の中ではエンダ〜〜〜イヤ〜〜♪　とホイットニーが大音量で流れた。

——完っっ璧だったもんなぁ。

すらりと長い手足や指。気持ちいいくらいに真っ直ぐな背筋。さらりとしたクセのない黒髪。何より、全身を包む理知的な雰囲気が圧巻だった。知性が服を着て歩いていると言っても過言じゃない。人間、見た目と中身は必ずしも一致しないものだが、都南大学の大学院生というのだから、間違いなく本物の秀才なのだろう。

とにかく、何もかもが凜の理想だったのだけれど。

『びん?』

そのひと言で、奈落の底へ落とされた。

あれは小学四年生の時だ。新しくやってきたＡＬＴ（英語の講師）が、みんなの名前を覚えたいと、クラス全員の名前を英語風に読み上げていった。

『ケンイチ・サトウ』

『はい!』

『エリカ・タカハシ』

『はい!』

『ミンナ、ヘンジ、ゲンキデイイデスネ。グ〜ッドゥ』

といった具合だ。ところが凜の番になった時、彼は突然首を傾げた。

『コレハ、ナント、ヨミマスカ?』

確かに外国人には少し難易度の高い漢字だ。クラス中の注目を浴びた凜は、顔を真っ赤にしながら小声で『リンです』と答えた。直後、悲劇は起こった。

『サンキュー、アリガトウ、ビン』

『えっ、あ、あの、ビンじゃなくて』

『モウイッカイ、ヨビマス。ビン・ボウガミ!』

ビン・ボウガミ!

BIN☆
BOU
GAMI!☆

彼は大きな声ではっきりと、凛を呼んだのだ。

ボウガミじゃなくてボウジョウです、という凛の訂正は、窓ガラスが割れんばかりの笑いにかき消された。椅子《いす》から転げ落ちて腹を抱えるクラスメイトたちと、何を笑われているのかサッパリワカリマセンという表情のＡＬＴ。結局凛は、卒業まで「貧乏神」という最悪なあだ名で呼ばれる羽目になった。

思い出したくもない暗い過去だ。久しぶりに地雷を踏まれ、頭の頂上から湯気が出るかというほど逆上してしまった。

理一に悪気などなかったことはわかっている。いくら空腹を訴えたからといって、その日会ったばかりの隣人を自分の部屋の玄関に招き入れて、食事を――たとえそれがワニ肉だのカエル肉だのであっても――与えてくれるなんて、親切以外の何ものでもない。

かなりの変人ではあるけれど、いい人には違いない。

考えてみれば、他人の家の玄関のたたきに座り込んで、ワニ肉やカエル肉をそれと知らずに食べるなんて、望んだからといっておいそれとできる経験じゃない。一般的な社会人にとってはいらぬ体験かもしれないが、これでも凛は小説家の端くれだ。創作を生業《なりわい》とする者にとって、生身の体験は珍しければ珍しいほど、衝撃的であればあるほどありがたい。

恥ずかしがり屋の赤面症ではあるが、凛は基本前向きだ。

「理一さん、プルンチョ好きかな」

理想の王子・理一は今〝一緒にプルンチョを食べたい人〟ナンバーワンだ。

しかし理一は日中ほとんど部屋にいない。昨日も一昨日も帰宅は深夜だった。大学院生というのはもっと暇なのかと思っていたのだが、どうやらそうではないらしい。

凜は周囲に人の目がないことを確認すると、二〇二号室のドアにそっと耳を当てた。目を閉じ、ドアをノックする自分を想像する。

――あれ、理一さん今日はいらっしゃったんですね。この間はお肉ごちそうになってありがとうございました。これ、お礼です。プルンチョなんですけどよかったらどうぞ。え、理一さんもプルンチョお好きなんですか？　すごい偶然ですね。え、プルンチョで一番好きな味ですか？　うーん全部好きだけどやっぱ定番のイチゴ味が一番かな。え、理一さんもイチゴ派ですか？　嬉しいなあ。新作のバナナ味はまだ……え、理一さんもう食べたんですか？いいなあ。え、これから理一さんの部屋で一緒に？　そんな、でも……じゃあほんとにちょっとだけ、ほんとにちょっとだけお邪魔します――。

「なんちゃって」

口元がへらっとにやけるのを止められない。自分の肩に手を掛けて部屋へ招き入れようとする理一を空想し、その格好よさに凜はしばしぼーっとした。

扉の向こう側、理一の部屋はどんな雰囲気なのだろう。あの日、せっかく玄関に入れてもらったのに、あまりの空腹にあたりを見回す余裕がなかった。

理一はベッド派だろうか。布団派だろうか。凛は断然布団派なのだが、理一にはベッドが似合う気がする。糊《のり》のピーンと効いた真っ白なシーツに、真っ白な羽毛布団。

「ダブルだったりして」

ひょーっと声を上げそうになり、凛は慌てて口元を押さえた。

大学院生というからには、やっぱり時々合コンなんかするんだろう。理一ほどの男がモテないわけがない。モテモテだろう。あっちからもこっちからも引く手数多《あまた》だ。間違いない。

コンパで理一の隣になった女の子が『どうしよう、終電なくなっちゃったぁ』などとわざとらしく困ってみせたりしたら、理一は純粋な親切心から『じゃあうちに泊まったらいい』なんてうっかり言ってしまいそうな気がする、でもってまんまとアパートにやってきた女の子は、若干困惑気味に『理一さんって、案外質素に暮らしてるんですね』とか……。

「ていうかここ、質素ってレベルじゃないよな」

凛はようやく我に返る。

「さて、そろそろ美鈴《みすず》さんが来る時間だ」

午後から、担当編集者が打ち合わせに来ることになっている。

無限に広がりそうになる空想の世界を力尽くで封印し、凛は急いで自分の部屋に戻った。

パソコンを立ち上げると、おんぼろアパートの一室がたちまち仕事場へと変わる。レトロと言えば聞こえはいいが、単に年季が入っただけの飴色《あめいろ》の座卓と大きめの座布団が、期せずして昭和の作家的雰囲気を醸《かも》し出している。どちらも近所のリサイクルショップで購入した二束三文の代物だが、凜はかなり気に入っている。

小説家とは白昼夢を見る仕事である、と言ったのは誰だったろう。物心ついた頃にはすでに己の類《たぐ》い希《まれ》な妄想癖《もうそうへき》を自覚していた。高校生の頃、頭に浮かんだ恋物語を思いのままに綴《つづ》った処女小説を、気まぐれで雑誌に投稿したところ、運よく編集者の目に留まり小さな賞をもらった。とんとん拍子でデビューが決まり、二十三歳の現在まで五年間、ありがたいことに仕事が途絶えることはない。

そんな凜だから、ある意味作家になるべくして生まれたと言えなくもないのだが、実は問題がひとつある。妄想のコントロールが壊滅的に下手なのだ。そのブレーキは非常に頻繁に故障する。

途絶えることのない妄想こそが執筆の原動力であり、アイデアの泉だ。しかしそれは「ちょっと暇だし今から妄想でもしようかな」といった具合に、自分の意思で出したり引っ込めたりできるものではない。ある時は満員電車の中で突然、またある時は大事な打ち合わせの席で突然、何の前触れもなく妄想暴走状態に突入してしまう。

まさにたった今、理一の部屋の前で陥ったように。

【ストップ！　妄想】

【ダメ、妄想】

【妄想やめますか、人間やめますか】

【妄想より原稿が先！】

デスクトップ脇に貼った大型の付箋《ふせん》をちらりと見やり、凜はハッとため息をつく。逞《たくま》しすぎる妄想力は、諸刃の剣だ。仕事を進ませるのも遅らせるのも妄想なのだから、悩ましい事態には違いない。

そして先週、凜は普段にも増して悩ましい状態に陥った。薄っぺらい壁の向こう側で暮らしている隣人・西澤理一が気になって、原稿が手につかないのだ。

「今日は何時くらいに帰ってくるかなぁ、理一さん」

昨夜は特に遅かった。

やはり合コンだろうか。合コンかもしれないな。多分絶対合コンだ。

「ああもうっ、理一さんと合コンなんて、羨《うらや》ましすぎる！」

とっととパスワードを入れろと催促するパソコンの前で、凜は身悶《みもだ》えた。コンピュータで作図したとか思えないあの完璧な顔を、正面から堂々と見つめることができるなんて。

高校卒業とほぼ同時にこの仕事を始めた凜は、合コンというものに参加したことがない。日がな一日パソコンの画面とにらめっこ。たまに取材に出かけることもあるが、人見知りの激しい凜にとって、たった数時間の取材中に、初対面の相手と後に繋《つな》がるような関係を築くことは至難の業だ。大抵はその場限り。丁重に礼を告げて別れ、二度と会うことはない。故に凜には友達がいない。小学校や中学校の同級生と年賀状のやりとりくらいはあるが、継続して連絡を取り合っているのは専《もっぱ》ら出版社の人間だけだ。

恋愛小説を書いているのに、恋人もいない。あまつさえ恋愛経験すらない。若干問題じゃなかろうかと思うこともあるが、裏を返せば恋愛経験がないのに恋愛小説が書けてしまうほど妄想力が逞しいということに他ならない。

経験の足りなさを補って余りある、素晴らしき妄想ワールド。

無理に現実の恋を追い求めたところで、自分のような地味で垢抜《あかぬ》けないあがり症の男が、恋を成就できる可能性はゼロに近い。その点妄想の中でなら、凜はどこまでも自由で奔放《ほんぽう》になれる。誰にも見られることのない、知られることのない脳内で、あんなことやこんなことまで、好き放題やりたい放題だ。

ストップと言われてもダメと言われても人間やめるかと聞かれても、多分一生妄想をやめられない。

妄想万歳。ビバ妄想。凜は最近、己の本能に抗《あらが》うことを諦めつつある。

やっとパスワードを打ち込んだところで、凜は小腹が減っていることに気づいた。

「あれ、食べようかな」

理一からもらったライオン堂の水ようかん。

自他共に認めるスイーツ好きとしては、死ぬまでに一度は食べてみたい一品だった。こんな形で偶然手に入ってしまい、動揺の余り今日まで食べられずにいた。

わくわくと箱を開ける。六個入りだ。ひとつを三日で食べると、さぶろく十八だから、余裕で半月以上楽しめる。こんな高級菓子をひとりで六つも食べられるのは、生涯一度きりかもしれない。凜は丸いようかんを、中心から百二十度の角度に三等分し、扇形のひとつを皿に載せた。

いただきます、と手を合わせ、ひと匙《さじ》口に運ぶ。

「うんっ、めっちゃ美味しい！」

プルンチョ以外のスイーツはいつ以来だろう。凜の舌は蕩《とろ》けそうに喜んだ。

見た目に違《たが》わず、凜は貧乏だ。三百六十五日、常にお金がない。爪《つめ》に火を灯《とも》すような暮らしは十八歳の時からずっと変わらない。新刊が出れば、当然印税が入ってくる。新人の頃はともかく、今ではそれなりにまとまった金額だ。しかしわけあってそのほとんどは、凜の手元に残らない。

想像を絶するほどの貧乏暮らしだが、慣れてしまえばそれほど苦にならない。夏は暑く冬は寒く、梅雨時《つゆどき》は雨漏りがひどいなど、多少不便を感じることはあるけれど、不便と不幸は、似て非なるものなのだと凜は知っている。

それにしても引っ越しの挨拶に、水ようかんは少々値が張る。理一は金持ちなのだろうかと考え、凜はすぐに「ないない」と首を振った。金持ちがこんなクソボロいアパートに越してくるわけがない。

けど、理一の立ち居振る舞いはそこはかとなく優雅で、別にライオン堂の水ようかんなんて毎日普通に食べていますよ、的な品のよさが感じられる。

何か事情があったのだろうか。有名大学の大学院生が、突然貧乏暮らしを強《し》いられる事情。

「……陰謀とか」

プラスチックのスプーンを咥《くわ》えたまま、凜は腕組みをした。

大学、特に都南大学のような日本屈指のレベルを誇る大学では、あらゆる最先端の研究が日々行われているに違いない。おそらく理一は自身の専門分野で、ノーベル賞ものの発明をしてしまったのだ。それを知った教授や准教授が、手柄を我が物にしようと理一の命を狙《ねら》う。身の危険を感じた理一は、誰もが「いくらなんでもこんな崩壊寸前のアパートはないだろ」と素通りすること間違いない、ここひまわり荘に引っ越しを決めた……。

「だとしたら、合コンどころじゃないかも」

007か火サスかという展開に、凜はぶるっと身を震わせた。ひとりくらい味方はいるんだろうか。愛する理一のためなら、その命すらも投げ出す覚悟の美貌《びぼう》の女性、とか。

――『僕のためにすまない。こんな壁の崩れかけた貧相なアパートにきみを』『いいの、理一さんと一緒なら私はどんなところだって』『僕もきみさえいれば』『理一さん、愛してる』

『僕もだ。今夜は離さない』『理一さん』『先にシャワーを浴びておいで』——

「シャワーだって〜〜、うひょぉぉ……痛《い》って！」

身悶えしながらひっくり返ったら、テーブルの角に頭をぶつけた。妄想は時に危険を伴う。

「てかここ、シャワーないし」

痛さも手伝って凛は少し正気に戻った。幸いコブはできていないようだ。

それにしても、あの理一に愛されるのはどんな女性なのだろう。理一はどんなふうに女性を愛するのだろう。どんなふうに抱くのだろう。

——抱く……。

どきん、と凛の心臓が跳ねた。一週間前、空腹で気を失いかけて玄関のたたきまで理一に引きずられた時、その腕の思いがけない力強さによろめきながらも驚いた。腕だけでなく胸板も、見た目よりがっしりしていた気がする。

「脱いだら結構すごかったりしてっ」

凛はくぅぅ、と畳の上を転げ回った。

少々小柄だが、健康な二十三歳の男子。えっちな妄想だって当然する。普通の男女では飽き足らず、お代官様と町娘、アラブの国王に誘拐された高校生、果ては身分差に悩んでいたら交通事故に遭って記憶喪失になってしまう韓国ドラマ風バージョンまで、妄想のバリエーションは豊かだ。

いかんせん経験が伴わないので、『あ、ちょっと、やめてくださいそんな』あたりで暗転し、翌朝枕を並べているシーンに飛ぶ。いわゆる朝チュンというやつだが、それだけで凜は十分満足だった。

ところが理一と出会ってから、今まですっ飛ばしていた具体的なシーンが、もやっと脳内スクリーンに描き出されるようになってしまい、実のところ少々困惑している。

理一の腕、鎖骨、胸板、割れた腹筋。

胸毛はない気がする。腹毛はどうだろう。それから下の方は……。

——いけない、それ以上想像しちゃダメだ。

「でもなぁ」

目を閉じ、凜は両方の手のひらでそろそろと円を描いた。元々コントロールの利かない妄想は、ここ数日ますますコントロールを失い、壊れたロデオマシーンのようで危険きわまりない。

「理一さん……」

筋肉の美しいつるつるの胸板をなでなでしていると、キン、コッ、ン、と今日明日にも死にそうな音で、玄関の呼び鈴が鳴った。

「マズイ。美鈴さん来ちゃった」

凜は慌てて立ち上がった。

中堅出版社・煌原社《こうげんしゃ》の編集者・椋木《くらき》美鈴は、凜の担当編集だ。何を隠そう、海のものとも山のものともつかぬ高校生の処女作を高く評価し、デビューに導いてくれたのが彼女だった。

今では数社の出版社と付き合いのある凜だが、美鈴は特別な存在だ。ある時は厳しく、またある時は厳しく……結局いつでも厳しい美鈴だが、彼女の容赦ない指摘や指導のおかげで今日の自分はあると凜は思っている。

「はい、今開けます」

来月発売予定の新刊のあとがきを、今日までに上げる予定だった。午後から行くからデータを用意しておいて欲しいと言われていたのに、実はまだ書けていない。

こういう時は変に言い訳せず、正直に謝るのが一番だ。

「すみません、あとがき、実はまだ」

ドアを開くと同時に鬼編集者に頭を下げた凜は、その靴がいつもの黒いパンプスではないことに気づく。

——ん？

恐る恐る顔を上げ、凜はひゅうっと息を呑んだ。頭の中で、そのつるつるの胸板を撫《な》で回していた相手が、いきなり目の前に現れてしまった。口から飛び出しそうになった心臓を、すんでのところで呑み込んだ。

「り、理一さん」

思わず苗字《みょうじ》ではなく名前で呼んでしまったが、理一は気にとめる様子もなく「どうも」とほんの少し口元に笑みを浮かべた。やっぱり爽やかで理知的で品がある。

今日は早いお帰りですね。昨日は午前零時半、一昨日は午後十一時四十五分頃お帰りになられましたよね、とは口が裂けても言えない。この一週間というもの、暇さえあれば壁に耳を当てて、理一の様子を伺っていたことがバレてしまう。

「回覧板ですか？」

尋ねながら理一の手元を見たが回覧板はない。いや、と首を振り、理一は形のよいその眉を曇らせた。

「実は、少々困った事態になってね」

「困ったこと、ですか」

凜はちらりと通路を見やるが、あのデブ猫の姿はない。猫じゃないとすれば今度は一体どんな困ったことが起きたというのか。

「まさか、誰かに追われているとか」

言ってしまってから、しまったと思ったが遅かった。

理一はひどく驚いた様子で、その瞳を大きく開いた。

「すみません、バカなことを」

「どうしてわかったんだ」

「え？」

「実は追われている」

「そ、そうなんですか！」

今度は凜が目を剝《む》く番だった。

「何度断ってもしつこく追いかけてくる。今度という今度は逃げられそうにない。しかもあろうことか、無関係のきみまで巻き込んでしまいそうだ」

「おれ？」

「由々《ゆゆ》しき事態だ」

なんでおれが、と瞬きを繰り返す凜の耳に、誰かがドスドスと階段を上ってくる音が聞こえた。

「おい理一、ちゃんと誘ったか？」

声の主は確か、一〇三号室の本山という男だ。朝のゴミ出しの時、何度か挨拶を交わしたことがある。そういえば理一は、本山にこのアパートを紹介されたと言っていた。

「譲二、何度も言うが僕は」

「理一。もう決まったことだ。諦めろ」

「しかし」

自分の住んでいるアパートを紹介するくらいだから、確かに友人同士なのだろう。背格好は同じくらいだがしかし、ふたりの醸し出す雰囲気は正反対だった。

黒のパンツにシンプルな白いシャツをさりげなく合わせている理一に対し、本山はダメージジーンズを腰穿《こしば》きし、外国人が読んだら失神しそうな英文の描かれた黒いTシャツに、スカルのペンダントをぶら下げている。形のよい頭に短髪ピアスはかなり似合っているが、理一の友人だと言われると、即座には信じがたいものがある。

「全然初めましてじゃないんだけど、初めましてみたいな感じだね。一〇三号の本山です」

なぜか本山は、凜に握手を求めた。

「どうも、あの、いつもお世話になっています。坊上です。坊上凜です」

「びんくんじゃないぞ。凜くんだからな。間違えるなよ、譲二」

本人の前で臆面もなくそんな台詞《せりふ》を吐く無礼も、理一なら許せてしまう。凜は地味に顔を引き攣らせながら「凜です」と本山に会釈した。

「で、理一から話は聞いたと思うんだけど、凜くんもどう?」

「どう、と言いますと?」

「遠慮はいらないよ、全然。どうせ俺たちも初対面なんだから。あっちは三人だって言うし、こっちも三人の方が楽しいかなと思ってさ」

まだ何も聞いていないと言い出せないまま、話は勝手に進んでいく。

「理一はこういうの昔から苦手でさ。せっかく誘われても断っちまう。失礼だよ」

「ちゃんと失礼のないように断っている」

理一が憮然《ぶぜん》とした様子で口を挟んだ。

「あのな、こういうことは、どんな断り方したって断った時点で失礼なの。お前って男は、頭はいいのにどうしてそういう常識中の常識がわかんねえかなあ。ねえ凜くん？」

同意を求められても、なんのことだかさっぱりわからない。

「ということでどうだろう。今夜なんだけど。凜くん何か用事ある？」

「今夜ですか？」

あると言えばある。ないと言えばない。

原稿の調整さえつけば、凜はいつだって暇だ。

「もし用がないならおいでよ。理一から、凜くんはなかなか面白い子だって聞いてさ」

「おれが、面白い？」

「譲二、僕は興味深いと言ったんだ。funnyではなく、interesting」

眉ひとつ動かさずに、理一が訂正する。面白いでも興味深いでも、凜にとって大した違いはなかった。理一が友人の本山に、自分の話をしていたという事実にドキドキした。

「大丈夫だよ。二十歳になってなくても、内緒だけど、うちの学部生なんかみーんなガンガン飲んじゃってるから。凜くんって、十七？　十八？　まさか中学生じゃないよね」

「お、おれ、二十三です」

「にじゅうさん〜っ？」

オーマイガッと、本山は額に手を当て大げさに天を仰いでみせた。

胸元のスカルが左右に揺れる。

「尋常じゃなく童顔なんだね」

「よく言われます」

眼鏡を取れば、多分今でも高校生でとおる。

「んじゃ決定ね。今夜の合コン」

「ごっ……」

と言ったまま凜は固まった。

「どうしたの。凜くん、口が〝お〟になっているよ」

本山が不思議そうに言った。

「お断りしますと言いたいんだろう」

理一がやれやれといった様子で肩を竦《すく》めた。凜は口から飛び出しそうになった落ち着きのない心臓を、渾身《こんしん》の力で元の位置に返す。

「あの、合コンというのは、あの合コンでしょうか。男女数名ずつがお酒など飲みながら語り合い、場合によってはメアドを交換したり、稀《まれ》に気の合ったふたりがこそこそと目配せをして、二次会へ向かう道すがら『んじゃ俺、彼女送ってくから』などと言って、集団から外れたりする」

「そうそう。その合コン」

「その合コンに、おれを？」

「なに凜くん、理一からまだ聞いてなかったんだ」

本山は、何やってんだよと理一を睨《にら》んだ。

「あのね、今夜俺たちS女子大と合コンなのですよ。俺があれこれ手を尽くし、苦節半年でようやく実現したってのに、こいつときたら今になって面倒だから断るとか言い出しやがってまったく」

「悪いが他を当たってくれ。僕はどうもそういった場が苦手だ」

理一は本当に面倒くさそうにため息をついた。

「バカ。留学から帰国したてのイケメン天才院生を連れて行くって約束で、ようやくＯＫもらえたんだぞ」

「僕は聞いていない」

「俺の経験からS女子大に外れはない。二対三が苦痛なら、お隣の貧……凜くんも誘おうかって言ったらお前、それなら考えてもいいって言ったじゃないか」

ようやく凜にも話が見えてきた。

本山は、理一の知らないところで女子大生との合コンのセッティングをした。乗り気でない理一は断ろうとしたが、理一を餌《えさ》にしていたものだから来ないのでは話にならない。時間は迫っている。本山はもうひとり誰か誘って、理一の負担を軽減しようと考えた。そして知り合ったばかりの凛に白羽の矢が立った。

自分を誘おうという本山の提案に、理一は反対しなかった。

こうしてちゃんと誘いに来てくれた。

凛にはその白羽の矢が、ハートを射貫くキューピッドの矢に思えた。

——理一さんと合コン。夢じゃないよな。

「譲二、無理強いはいけない。急に誘ったって、凛くんには凛くんの予定が——」

「行きます。参加させてください」

気遣いを遮り、凛は鼻の穴を広げた。えっ、と理一が振り返る。

「凛くん、無理しなくても」

「いいえ。ぜひとも参加したいんです」

「ほおら見ろ」

鬼の首を三つも取ったような顔で、本山はほくそ笑んだ。

「それじゃ今夜、七時に迎えに来るからね」

凛は幼稚園児よろしく、元気いっぱい「はいっ」と返事をした。

ふたりが帰って行くのを見送って部屋に戻るや、凛はささくれだった畳の上に立ち尽くした。まずは落ち着かなくては。

とりあえず理一を追っていたのが秘密組織や極悪教授ではなく、友人の本山でよかった。でもって理一の言ったとおり、確かに凜も巻き込まれることになってしまった。

「うわぁ、どうしよう」

突如舞い込んだ合コン。生まれて初めての合コン。しかも理一と。六畳の部屋を動物園の熊のようにぐるぐる歩き回りながら、凜は「落ち着け、落ち着け」と唱えた。

唱えながら凜は、理一と酒を酌《く》み交《か》わすシーンをうっとりと思い浮かべる。合コンでは男一列女一列が、テーブルを挟んで向かい合う配置が一般的なはずだ。正面が無理ならばせめて隣に座りたいものだ。

「本山さんが、真ん中の席に座りませんように」

凜はベランダのてるてる坊主に手を合わせた。雨が降ると雨漏りで原稿どころではなくなるので、常に吊《つる》してある。

参加こそしたことはないが、凜は合コンに関しての造詣《ぞうけい》は非常に深い。その知識量は、合コン評論家と名刺に印刷しても差し支えないほどだ。

合コンにはタブーネタというのがいくつかあって、下ネタや愚痴は場を白けさせるので話題にしない方がいい。過度に忙しさをアピールするのもよくない。また怖い話は怖がりの女の子がいるかもしれないので避けた方がいい。自慢話やうんちく話、小難しい専門的な話も嫌われる。一方、出身地や方言の話題は誰もが参加しやすい。兄弟姉妹の話、スポーツの話、当たり障りのない仕事の話なども無難な選択だ。地雷を踏まずさりげなく自分をアピール。それが合コンの鉄則だ。

恋愛作家という仕事柄、ネットでいろいろ調べているうちに詳しくなったのだが、妄想によって興味はあらぬ方向へ助長され、いささか詳しくなりすぎた感はある。つまるところ完全な耳年増《みみどしま》状態なのだが、ついに今夜、その膨大かつ精密な知識を生かす時がやってきた。

願ってもないチャンスだ。ぜひとも理一の前でいいところを見せて、単なる面白いお隣さんから、一目置いてもらえる特別な存在にステップアップしたいものだ。

「合コン！　合コン！　合コン！」

動物園の熊から兵隊の行進に変わったところで、ふたたびドアをノックする音がした。

「凜くん、いるの？　私です」

マズイ。今度こそ美鈴だ。凜は慌ててドアを開ける。

「い、いらっしゃい」

「誰か来てるの？」

美鈴は、凜の肩越しに部屋を覗《のぞ》き込んだ。

「いいえ。誰も来ていませんけど」

「やけに騒々しいわね」

「そ、そうですか？　どうぞ上がってください」

合コンコールが外まで聞こえていたのだろうか。凜はひっそりと冷や汗をかく。

美鈴は不審顔のまま、いつの間にかスクリーンセーバーに変わったパソコンのデスクトップに視線を注いだ。

「すみません。あとがきなんですけど、実はまだ」

素直に謝ると、美鈴はハッと短いため息をついた。

「そんなこっちゃないかと思った」

「本当にすみません。今から書きます。十分、いや十五分待っていただいていいですか」

美鈴は浅く二度頷き、「早くしてね」と目で告げた。

基本的に、仕事の締め切りは守るように心がけている。締め切り間際に風邪をひいて二、三日遅れてしまったことはあるが、読者や編集部に迷惑をかけるような、大きな締め切り破りをしたことはこれまで一度もない。

ところが理一が引っ越してきてからというもの、凜は一日の大半を妄想世界の住人として過ごすようになってしまった。今日提出予定のあとがきが書き上がっていないのも、ひとえにアンコントロール状態に陥った妄想のせいだ。

「いつなの？」

キーボードを叩《たた》き始めた凜に、美鈴が尋ねる。

「すみません、やっぱ十五分じゃキツイんで、二十分くらい」

「そうじゃなくて合コンよ。さっきひとりで大声を上げてたでしょ」

　エンターキーを押そうとした指が、思わずバックスペースキーまで飛んだ。

「きっ、聞こえてたんですか」

　防音など、頭の片隅にも置かれずに建てられたアパートだということを思い出した。

「凜くんが合コンなんて、珍しいと思って。で、いつ？」

「実は今夜なんです。お隣に越してきた方に……大学院生なんですけど、頭がよくて背が高くてハンサムで上品で優しくて、すっごくいい人で『一緒においでよ』って誘われて、それで……すみませんでした」

「合コンに気を取られて仕事が遅れるなんて、言語道断ね。あとがきくらいって、軽く考えているなら大きな間違いよ。あとがきだって大事な原稿なのよ」

「申し訳ありません」

　腕組みをする美鈴に、凜はしおしおとうな垂れた。まったくもって彼女の言うとおりだ。

「でもまあ、たまには息抜きも大切かもしれないわね」

「え？」

「恋愛小説を書くのに、必ずしも実体験は必要じゃない。けど経験から得られるものは想像以上に大きいというのも事実よ。一日中部屋に籠《こ》もっていないで、たまには外に出て女の子と話をするのも、凜くんの場合、広い意味で仕事のうちかもしれないわね」

「美鈴さん……」

思わず目頭が熱くなった。

右も左もわからない頃から、美鈴にはずっと世話になってきた。美鈴と出会わなければ自分は今頃作家などやっていなかっただろう。まともに暮らせていたかどうかも怪しい。強い信頼関係があるからこそ、厳しい指導の言葉も素直に受け止めることができた。

その信頼を裏切りそうになったのだから、叱責《しっせき》されて当然と思っていたのに。

「あとがき書き上げたら、心置きなくいってらっしゃい」

「ありがとうございます」

「その様子じゃ、身支度整えるのに相当時間がかかりそうだから、打ち合わせは明後日に延期しましょう」

「ありがとうございます」

「ちゃんとオシャレしてね」

「はい。ありがとうご……」

頭を下げながら、凜はハッとした。

――オシャレ。

凜の辞書から欠落している言葉のひとつだ。清潔な服装で参加することは、合コンの基本中の基本だ。しかし凜は、外出用の洋服というものをほとんど持っていない。

「あの、美鈴さん、今時の若者って、どんなお店で洋服を買ってるんでしょう」

今時の若者の悲痛な問いかけは、アラフォーの女性編集者を心の底から呆《あき》れさせた。

＊＊＊

人の価値観の多様さに、理一は時折翻弄《ほんろう》される。ある者にとって道端の犬のうんこほどどうでもよい事柄が、別の者にとっては優先順位の第一位だったりする。逆も然《しか》り。

譲二はいいやつだ。そこに疑いの余地はない。しかしなぜ彼がこれほど合コンというイベントを重要視するのか、理一にはまったく理解できない。見知らぬ女の子たちと酒を飲み、だからなんなのだそれがどうしたと、三分に一度口を突きそうになる極めてどうでもいい会話を交わす。延々と。時には深夜まで。

挙げ句、弱り顔で「終電がなくなった」とか「泊めてもらう予定だった友達と連絡がつかない」とか、計画性のないことを言い出す女の子が後を絶たない。理一に言わせれば、終電の時間を調べずに鉄道を利用するのは大人としてあまりに無計画であるし、腕時計をしているのに時刻を確認しないのは愚の骨頂であるし、ついでに言わせてもらえば、約束しておいて連絡がつかなくなるような相手は友達ではない。

　譲二の価値観を否定するつもりはない。「三度の飯より合コン」ならそれもよかろう。ただ、いつもいつも自分を誘わないで欲しい。「合コン＝理一と一緒」という強力なシナプスを、いい加減解いてはもらえないだろうかと思う。

「ではでは、Ｓ女子大三年の美女三人組と、都南大学大学院生プラスお友達一名の、華麗なる出会いを祝して、かんぱぁい！」

　夏の青空のような譲二の合図で乾杯をする。

　留学から帰国して七日目の夜。理一は小洒落《こじゃれ》たイタリアンレストランにいた。ワイングラスのぶつかり合うチンチンチンチンという音が、地獄の釜《かま》の蓋《ふた》が開く合図に聞こえてならない——と、いつもなら思ったことだろうが、今夜は少々勝手が違う。

「ぼ、坊上凜と申します。あの、二十三歳です。その、おれは都南大の学生じゃないんですけど、あの、理一さんと本山さんとアパートが同じで、その、誘っていただいたというか、あの、どうぞよろしくお願いいたします」

　あのとそののミルフィーユのような自己紹介をする隣人・凜が一緒だ。

　一番奥の席にちんまり座った凜は、人前で話すのがよほど苦手なのか、たった三十秒の自己紹介で滝のような汗をかいていた。しかし「ひとり一品注文しようよ」という譲二の提案に大きな瞳をきらんと輝かせ、食い入るようにメニューを覗き込んだ。

耳を澄ますと、隣でなにやらぶつぶつ呟いているのが聞こえた。

「スイーツがこんなにいっぱい……うひょぉこれ美味しそう……ああでも、最初からスイーツ頼んだらひんしゅくか。ああでも、全部食べたいな」

いつもは開始早々、欠伸《あくび》をかみ殺すのに難儀する理一だが、どうやら今日は退屈しなくてすみそうだった。

「スイーツでもなんでも、凜くんの好きなものを頼みなさい」

耳打ちすると、凜は驚いたようにメニューから顔を上げ、ボッと音をたてて赤くなった。

「どうしたの凜くん、顔赤いけど、暑い？」

譲二の指摘に、凜は耳まで赤らめて俯く。

「いえ、全然、だいじょぶです、はい」

メニューで顔を隠してしまった凜に、真向かいに座った女子大生が「可愛い」と小さく笑った。リカ、いやエミだったたか、いや違う、真ん中はサオリだったろうか。

理一は人の名前を覚えるのが苦手だ。物理や化学の公式なら一撃で脳に刻み込む自信があるのだが、名前はどうにも覚えられない。「りん」と「びん」を間違えて、目の前でバターンとドアを閉められ、その直後に通路で倒れられるくらいインパクトのある出会いであれば、間違いなくその場で覚えられるが、初対面の女子大生、しかも三人もの顔と名前を一致させるのは至難の業だ。

人に興味がない。口にすることは憚《はばか》られるが、自分が周囲の人間と少し違っていることに理一は幼い頃から気づいていた。

歩道橋の階段で四苦八苦している、大荷物の老人を助けたこともあるし、コンタクトレンズを落としてしまったクラスメイトと、何分も廊下を這《は》いつくばったこともある。拾いものはすべからく交番へ届ける。けれどそれは人として当然のことをしただけで、相手の老人やクラスメイトに特段興味があったわけではない。

人嫌いとは少し違う。スポーツに興味がないとか芸術に興味がないといったレベルで、単に人間に興味がないのだ。

ところが遡《さかのぼ》ること一時間前、約束の時刻に二〇三号室から出てきた凜の姿に、理一は息を呑んだ。

まず、髪がもじゃもじゃじゃなかった。櫛を通したのだろう、栗色《くりいろ》で柔らかそうな髪がさらさらふわふわと風に揺れていた。もはや身体の一部にすら思えた愛用の綿入れも着ていなかった。春らしいシャンブレーのシャツとチノパンの組み合わせはオーソドックスだが、ほっそりした少年体型の凜にとてもよく似合っていた。パンツの裾を少しだけ捲《まく》り、新品と思《おぼ》しき赤いスニーカーを引き立たせているところが今風だ。

『凜くん、見違えたよ。めっちゃ格好いい。やればできる子なんだね』

203
坊上

『そんな。お世辞はやめてください』

譲二の多少失礼な感嘆に、凜はもじもじと照れていたが、決してお世辞などではないと理一は思った。

同級生の女の子が夏休みに、もはや〝プチ〟とは言えない豪快な整形を施してきた時も、同じ研究室の助教が自慢のロン毛をいきなり丸刈りにしてきた時も、周囲または本人から申告されるまで気づかなかった。いわんやどんな洋服がどんな顔に似合うのかなど、まるで興味のない理一だが、凜の印象ががらりと変わったことはすぐにわかった。

分厚いレンズの眼鏡が多少残念だが、外したら何も見えないと言うのでこればかりは仕方なかろう。眼鏡がなかったらもっともっと可愛くなるのにと思ったが、きっとコンタクトレンズを買う金銭的余裕がないのだろうと考え、口にはしなかった。

一週間前、一瞬だけずり落ちた眼鏡の向こうに見えた、くるくるとよく動く玉ようかんのような黒目。露出部分が広い上に、凜の場合おそらく黒目そのものも大きいのだろう。直径はどれくらいだろう。凜がコンタクトレンズを入れるとしたら、場合によっては特注する必要があるのではないだろうか……。

「西澤さんと本山さんは、どんな研究をなさっているんですか」

「え？」

凜の横顔にばかり気を取られていた。真正面のリカだかエミだかサオリだかの質問に、他のふたりも理一を注目した。

「僕と譲二は研究室が違うので」

「西澤さんの研究は、どんな？」

「ひと言で言えば」

ひと言で説明がつけば、入学以来八年間も同じ研究を続けてはいないのだが、趣味や血液型や出身地や兄弟がいるかいないかなどを聞かれるよりは、ずっと答えやすい。

「たとえば」

理一は右隣に座っている凛の額に、軽くデコピンをした。

「痛っ」

驚いた凛の眼鏡がずり落ち、玉ようかんが愛らしくくるくると動くのが見えた。ラッキーと思ったがそのまま反対側を向き、左隣の譲二にも同じように、やや強めのデコピンを食らわせる。

「痛ってぇ！　何しやがんだゴるァ」

譲二も目を剝いたが特に愛らしくはなかった。「このように」と理一は正面を向き直る。

「人に衝撃を加えるとたいてい怒ります。加えられた衝撃の速度や指の硬さなどといった条件の他にもぶつけられる人間の性格によって、怒り方は様々に変化します。小さく『痛っ』と呟くだけの人。『何しやがんだゴるァ』と凄《すご》む人。中にはブチギレる人もいるでしょう。

同じように分子に光を当てると、エネルギー的に不安定な励起《れいき》状態に遷移したり、電子がイオン化したり、化学結合が切れて分解が起ったりするわけです。先に述べたような条件によって分子の切れ方も様々です。僕たちは光で励起された様々な分子が、その後どういった経路を辿《たど》って分解生成物に至るか、ということを理論的に調べているのです」

かなり簡潔に、かつわかりやすく説明できたと思ったのに、譲二以外の四人はみな一様に口を半開きにして理一を見つめていた。また持病の頭痛が起こったのか、譲二が眉間を指で押さえたところで料理が運ばれて来た。

「ささっ、小難しい話は置いておいて、食べよう食べよう」

小難しい話をした覚えなどないのに。理一は腑《ふ》に落ちない思いをぐっと堪《こら》え、仕方なく目の前の料理を適当につつくことにした。

フォークを手にした途端、右斜め前から声がかかる。

「イタリアントマトのサラダ分けました。西澤さん、どうぞ」

「ありがとう」

すると今度は左斜め前から。

「このホタテのソテー、桜エビがまぶしてあって美味しそう。はい、西澤さん、どうぞ」

「ありがとう」

てんこ盛りの皿を次々渡され、理一はそれらの料理を黙々と口に運んだ。

「西澤さん、生ハムのフォカッチャ、どーぞっ」

続いて正面から勢いよく差し出された皿を、理一は丁重に拒んだ。

「ありがとう。しかし僕は肉が食べられないので結構です」

正面の彼女は「えー、そうなんだ」とがっかりした様子で俯いてしまった。一瞬その場の空気が冷えたのがわかった。こういった場面での対応が下手だという自覚はあるのだが、いかんせんどう答えたらいいのかわからない。

すると横から凜が「エミさん、それ、おれがもらってもいいですか」と手を出した。正面の彼女はエミさんだったらしい。エミ、エミ、エミ。覚えられるだろうか。

「生ハムなんて滅多に食べられないから、理一さんの分もおれがもらっちゃおっかな。あ、エミさん、このチーズ美味しかったですよ。どうぞ」

にっこりと差し出す凜に、エミが「わーい、ありがとう」と笑った。

テーブルの雰囲気は、一気に明るくなった。

「チーズといえば子供の頃、オヤジがゴルゴンゾーラをもらってきたことがあったんだけど、お袋が『カビを生で食ったら身体に悪いんじゃないか』とか言い出して、あろうことか鍋で煮ちゃってさ、部屋中が臭いのなんのって。サブちゃん聴きながら、ゴルゴンゾーラもクソもあるかと思ったね」

譲二のチーズにまつわる思い出に、エミは腹を抱え「超ウケル」と笑いが止まらなくなってしまった。譲二にはこういった座を盛り上げる特異な才能がある。合コン仕切り歴十年と本人が豪語するだけのことはあると、理一はしばしば感心する。

「西澤さん、お肉が苦手なんですか」

右斜め前の彼女が尋ねる。エミではないとわかったから、リカかサオリのどちらかだ。はてどちらだったろうかと考える理一の左から、譲二が答えた。

「そうなんですよ。こいつは昔っから普通の肉を食わないんです。ワニとかカエルとか、ゲテモノ専門で」

「やだあ、本山さん、冗談ばっかり」

三人の女子大生が、揃って引き攣った笑いを浮かべる。

「冗談ではなく、僕は普段からカエ――」

「り、ケホ、理一さん！」

ワニ肉とカエル肉について詳しく説明しようとすると、横で凜がワインに噎《む》せた。

「どうした、凜くん」

「いえ、あの、こ、このワイン、とっても美味しいですね」

「ワイン？　ああそうだね」

ワインの味にはあまり造詣が深くない理一は、曖昧《あいまい》に返事を濁す。すると横から仕切り歴十年が「ワインと言えばさ」と切り出した。

「先週の『大学対抗デラックスクイズ』観た人いる?」

「はーい、あたし観ました」

エミが元気よく手を挙げた。他のふたりも「観た、観た」と頷いている。

「確か先週、都南大のタカハシくん、せっかく決勝まで進んだのにワインの産地の問題、間違えちゃったんですよねぇ」

リカもしくはサオリが言い、残りふたりが揃って頷く。譲二は、我が意を得たりとばかりに「そう。そうなんだよ」と不満げに頬を膨らませた。

『大学対抗デラックスクイズ』とは、その名のとおり大学対抗のクイズ番組……らしい。様々な専門分野から文化芸能まで、ありとあらゆる分野から難問レベルの問題が出され、予選を一位通過したひとりだけが、決勝問題に挑むことができる……らしい。院生を含む大学生たちが自校の看板を背負って闘うのだが、いかんせん出題分野が多岐に亘《わた》りすぎていて、必ずしも偏差値の高い大学が優勝するとは限らない……らしい。

理一は一度も観たことがないが、譲二はえらく入れ込んでいて、今後も観る予定のない理一に向かって「愛校心がない」と、激しく的外れな嫌みを言う。

「理一なら、かなりの確率で決勝に残れるのに。上手くすりゃ賞金ゲットだ。なあ、騙《だま》されたと思って出てみろよ」

誰に騙されても、譲二にだけは騙されない自信がある。デラックスなのはクイズの内容や撮影セットではなく、金額は忘れてしまったが、賞金が破格に大きいことだ。大学対抗となっているが、賞金はあくまで出場した大学生個人の懐に入るという。譲二が出場を勧める理由の九十五パーセントは、愛校心ではなく賞金欲しさだと理一は踏んでいる。

「実は俺の友達が、あの番組のADしてるんだけどさ、最近出場希望者が減ってるんだって」

「ええ、どうしてですか」

女性三人が揃って譲二の方に身を乗り出す。

「三年前の放送開始から、一度も賞金が出てないからだと思う。決勝で正解しないかぎりボールペン一本もらえないっていう博打《ばくち》っぽさが番組の売りなんだけど、結局賞金出す気ないんじゃないかっていう噂《うわさ》が広まってるみたいで。出題はコンピュータが管理しているから、いつかは出るはずなんだけどって、そいつ言ってた」

——くだらない。

譲二と女性陣の「出ろ出ろ」攻撃に辟易《へきえき》し、理一はこっそりため息を零《こぼ》した。

凛はひとり、あちこちの皿をつついている。自分から積極的に話す方ではないが、誰かに話しかけられれば、理一より数倍愛想よく答える。それなりに楽しんでいる様子に、理一はホッとした。

かなり無理な誘いだったと思うが、快く来てくれた。内心は迷惑だったかもしれないのにおくびにも出さず、さりげなく周囲に気配りもしている。

愛らしい上に、明るく賢い凛。だからなおさら理一は解せなくなる。凛は本当にあの部屋で、男相手に身体を売っているのだろうか。譲二の勘違いなのではないだろうか。

「ところで凛くんって、どんな仕事してるの？」

測ったようなタイミングで、エミから質問が飛んだ。ンブッとまた凛が噎せた。今度はワインではなくパスタに。唇の端からパスタを覗かせてなお可愛らしさを失わないのは、世界広といえど凛くらいだろうと、理一はひとり感心する。

「し、仕事は、えっと、家でしています」

「会社員じゃないの？」

紙ナプキンで口元を拭《ぬぐ》う凛に、エミが尋ねた。

「違います。こ、個人事業主っていうんですか？」

「へえ、なんかそれ、格好イイ」

「格好よくなんかないです。まったく、全然」

凛はぶんぶんと頭を振った。

「普通に朝起きて会社行って仕事している人に憧《あこが》れます。ずっと家にいるから生活不規則になるし、なんか出不精になって、人目を忍ぶみたいな感じになっちゃって」

――人目を忍ぶ。

譲二が、ちらりと横目でこちらを見たのがわかった。

やっぱりそういうことらしい。理一の気分は一気に沈む。

これまでどんな男たちが凛を抱いたのだろう。その時、凛はどんな気持ちなのか。まさか好きこのんでしているわけではないだろうに。

相談に乗ってやりたいが、おそらく彼にとっては大きなお世話だ。考えても詮無《せんな》いことだが、一体全体いかなる理由で凛はそんな仕事を……。堂々巡りの出口は見つからない。

「西澤さんは、何味が好きですか?」

「へ?」

気づけばまた話題に乗り遅れていた。話の転換が早すぎて理一にはとてもついていけない。周囲を見回すと、五人の視線が自分に注がれている。

「プルンチョです。理一さんも食べたことありますよね」

尋ねる凛の顔に、わくわくと書いてある。

「プルンチョというと」

遠い記憶を無理矢理たぐり寄せる。

「あの、牛乳と混ぜる子供のおやつかな」

「そうです、それです。あーよかった、やっぱり理一さんもプルンチョ食べたことあるんですね。おれ、超嬉しいです」

自分がプルンチョを食べたことがあると、なぜ凛が嬉しいのかわからない。しかしあまり嬉しそうなので、理一は「名前は知っているが食べたことはない」と言いそびれてしまった。

「おれ、プルンチョをバケツ一杯食べるのが夢なんです」

凛がうっとりと夢を語ると、女性陣から「わかる〜」「私も〜」と、次々に同意が乱れ飛び理一は驚愕《きょうがく》する。わかるのか。そうかわかるのか。

「理一さんは、何味が好きなんですか？」

凛の瞳が一段と輝く。

「私とリカはオレンジ味で、凛くんはイチゴ味だそうです」

左端が言う。彼女がサオリか。

「あたしは断然バナナ」

エミが言う。

「ちなみに俺はマンゴーだ。マンゴーサイコー」

……譲二まで。

これだから合コンは嫌なのだ。牛乳と混ぜる子供のデザートのことで、頭を痛めなくてはならない。窮地に追い込まれた理一は、とりあえず無難に「イチゴ、かな」と答えた。

「やった。おれたちイチゴ同盟ですね」

隣で凛が小さくガッツポーズをした。

人間という生き物の不可思議さと奥深さを、時に理一は思い知る。同じ味が好きだというだけで同盟が提携される。ワルシャワ条約や日米安全保障条約もびっくりだ。しかし凛とふたりでイチゴ同盟というのは悪くないと、理一は口元を緩める。譲二とマンゴー同盟は死んでも嫌だけれど。

「でも、プルンチョってどうして牛乳入れると固まるんだろう」

エミが小首を傾げた。

「おれも、いつも不思議だなあって思ってたんですよね」

凛も彼女と同じ方向に首を傾げる。ここは早速イチゴ同盟発動だろうか。

「おそらくペクチンだよ」

理一は凛に微笑みかけた。実際に作ったことはないが、プルンチョの固まる原理はＣＭの映像などから容易に推測できる。

「ペクチン？」

「プルンチョの中の果実に含まれるペクチンと、牛乳に含まれるカルシウムが反応して固まるんだ」

「すごい。理一さん、プルンチョが固まる原理を知っているんですか」

凛のうっとりした声と、譲二の「あ、聞いちゃダメ」という慌てた声がステレオで聞こえたが、理一の耳は九対一で凛の声をキャッチした。

「もちろんだ。そもそもペクチンというのは主にガラクチュロン酸とメチル化ガラクチュロン酸で構成される多糖類のことで、まあ簡単に言えば果物の細胞壁や中葉に含まれる複合多糖類のことだ。その性質はエステル化度、つまりDE値によって大きく性質が異なる。全ガラクチュロン酸のうち、メチル化ガラクチュロン酸の占める割合が五〇パーセント以上のものをHMペクチン、五〇パーセント未満のものをLMペクチンと呼ぶんだが、前者は糖分と反応し、後者はカルシウムと反応する性質がある。つまりプルンチョに含まれるペクチンは後者、LMペクチンであると思われ――ん、どうした」

譲二からストップがかからなければ、凜にもっと満足してもらえる解説ができたはずだったのに。余計なことをと、理一は心の中で小さく舌打ちをした。

「どうしたの凜くん、ぼーっとして」

譲二に指摘され、隣で凜が「へ？」と瞬きをした。

「ごめんね、理一っていつもこんなで」

「そんなこと。おれ今、完全に聞き惚《ほ》れちゃってました」

そらみろと睨むと、譲二は「社交辞令だっつの」と呆れたように肩を竦めた。

二時間たっぷり食べて飲んで、理一などはもうお腹いっぱいだというのに、他の五人はデザートを注文し始めた。凜は迷いに迷って、ティラミスを注文した。

ひと口ごとに凜は「美味しい」と呟き、幸せのオーラを放っている。理一は何も注文しなかったが、凜を見ているだけで甘い気分になった。プルンチョの件といい、よほど甘いものが好きなのだろう。挨拶の水ようかんも、もっとたくさん入った箱にすればよかっただろうか。

何かの折に、スイーツを持っていってやろうと理一は心に誓う。水ようかんとティラミスとプルンチョの、どれを一番喜んでくれるだろう。

真剣に考えていると、横っ腹に譲二の肘が当たった。

「痛いな。なんだ」

「エミちゃんが質問してんだろ。ちゃんと聞いてやれよ、ったく」

「質問？」

正面のエミが「進路のことなんです」と少し遠慮がちに理一を見た。

「このまま就活続けようか、院に進もうか、迷ってるんですよねぇ」

ここ数年の上級生たちの就職状況が、いかに厳しいものかを知り、ならばあと二年修士課程で勉強するのも、悪い選択ではないのではと思い始めたというのだ。

どうでもいい。

頭に浮かんだ巨大な六文字、及び句点を、理一は必死にかき消した。

「研究のテーマは決まっているのかな」

「ううん。興味がある分野はあるんですけど、具体的にはまだ何も」

「だったら悪いことは言わない。やめた方がいい。時間の無駄だ」

学外の人間はもとより、学部生にもあまり知られていないことだが、大学院生の生活というのはそれほど楽でも華やかでもない。特に文系学部の大学院の現実は決して甘くない。理一の周りにも、就職までの猶予期間と考えて修士課程、博士課程と進んだものの、結局博士号が取得できないまま、気づけばオーバードクターという知り合いが山ほどいる。博士号を諦めて就職しようと思っても、社会経験があるわけでもなく年齢も高い彼らは、学部生より状況は厳しくなるのだ。

他でもない、譲二がいい例だ。おそらく彼はこのまま院に残り続けても、博士号の取得は難しい。しかし譲二はそんな世間の事情をすべて承知の上で、今の道を選んだ。理一が言えた義理ではないが、要は研究バカなのだ。だから譲二の生き方に異論を唱えるつもりは毛頭ない。他人に意見など求めず、みな自分の思うままに己の道を進めばいいのだ。

というようなことを簡潔に伝えると、エミは「やっぱりそうですかぁ」とうな垂れた。

「厳しいだろうとは思ってたけど、でも実際、就職も厳しいし」

だよねえ、と他のふたりがため息をつくやテーブルはシーンとなった。

譲二がまた眉間を押さえている。

――これだから合コンなんて。

仕方なくコーヒーのカップを手に取った時だ。

「おれは」

凛がおもむろに口を開いた。

「いいと思います、大学院」

示し合わせたようにコーヒーを飲んでいた五人は、一斉に凛に視線を向けた。

「あ、あの、おれは大学行ってないから、意見とか、全然アレなんですけど」

集まった視線に慌てたのか、凛はコーヒーカップに口を当て「あちっ」と肩を竦めた。

「ちょっとでも興味があるとか、研究してみたいとか、そういうのがあるんだったら、無駄って決めつけることはないと思うんです、大学院。もちろん希望する職種に就ければ一番いいんでしょうけど、今はそれが厳しいんだとしたら、ちょっとくらい回り道したっていいんじゃないかなって。逃げとかじゃなく、思い切って選択肢を広げてみるっていうか」

例によって頬を赤くしながら、凛は続けた。

「ほら、なんとなく回り道したら拾いものしたとか、道草食ってたら偶然会いたかった人に会えたとか、そういうことあるじゃないですか。一番の幸せは、真っ直ぐな道の上にあるとは限らないと、おれは思うんです。今はそれほど興味のない研究テーマでも、やり始めてみたらすごく面白くなってきて、エミさん、何年後かにすごい論文書くかもしれないし」

凛はちらりとエミを見上げた。

エミは驚いたような顔で、正面の凛をじっと見つめている。

「そういう可能性が全然ないって、誰にも言えないと思うんです。甘いかもしれませんけど。もちろん可能性の問題だから、基本的には理一さんの言うとおりなんでしょうけど、でも、あの、えっと、つまりおれは……あれ、何言いたかったんだっけ」

ははっと照れたように笑い、凜は「すみません、なんかしゃべりすぎちゃいました」と頭を下げた。

夕焼けのように染まった凜の頬を見ながら、理一は子供時代のことを思い出した。

学校からの帰り道、道草を食っていたらいつの間にか西の空がオレンジ色になっていた。

『うわぁ……』

家々の屋根を覆うオレンジは、息を呑むほどに美しかった。小学生になったばかりの理一は、ランドセルを背負ったまましばらくその場に佇《たたず》み、なぜ夕暮れには西の空がオレンジ色に染まるのかと真剣に考えた。科学を学んでみたいと、初めて思った瞬間だった。

二十年も忘れていた夕焼けが、じんわりと理一の胸に広がっていた。


部屋に戻って明日のレポートの残りを仕上げるつもりだったのに、階段に足をかけたところで後ろから譲二にシャツを摑まれた。そのまま二階に上った凜と別れ、理一は一〇三号室に連行された。

「あぁ、ちくしょう、今夜も収穫ゼロだったわ。しかし可愛かったなあ、真ん中のエミちゃん。S女なのに、全然お嬢《じょう》さまっぽくないところがよかったなあ」

あんなに飲んだのにまだ飲み足りなかったらしく、譲二は冷蔵庫から出した缶ビールのプルタブを引いた。理一も勧められたが遠慮し、麦茶をもらうことにした。

「エミちゃん、やっぱ理一狙いだったな」

「狙い?」

「お前にばっかり話しかけてたじゃないか。気づいてなかったのかよ」

「まったく」

凜の表情を追うので精一杯だった。これだよ、と譲二は顔を顰《しか》める。

「得だよ、お前は」

「得? 何が」

「顔だよ顔。面だけ見てたら、ド変人だなんて誰も思わねえもんな」

しゃべったら終わりだけど、と譲二はやけくそ気味に笑った。

「なあ理一、頼むから譲ってくれよ、エミちゃん」

「譲るもなにも、金輪際《こんりんざい》僕と彼女が会うことはないだろう」

「アド教えてもらったんだろ?」

「いや」

「なんだよ。さっき聞かれてたみたいだったから、てっきり交換したんだと思った」

「僕は合コンでメールアドレスを交換するつもりはない。いつも言っているが」

文明の利器がすべてのひとを幸せにする、などという考えは傲慢《ごうまん》以外の何物でもない。携帯電話などというものが世に出回るようになり、理一はとても迷惑している。大事な考察の途中で携帯が鳴り、何ごとかと思って出てみれば、どう答えていいのかわからない恋愛相談だったり絵文字だらけの食事の誘いだったり。よって理一は基本的に携帯の電源を切るようにしている。切っていることで、決定的な事態に陥ったことは今のところ一度もない。

エミにもそう伝えたが、特に気分を害したようには見えなかった。

「いい加減使いこなせよ携帯。つーかスマホにしろ」

「結局使わないいんだからどちらでも同じだ。大事な連絡はパソコンに来るから問題ない」

「お前は優秀な研究者だけどさ、理一、男としては干物の域だと思うぜ」

「干物？」

「そこいらのジジイより枯れてるってことだ」

「譲二、干物は枯れているんじゃない。あれは乾いているんだ。元来、干物というものはだな――」

「ああもっ、お前と話していると俺の脳みそが干物になりそうだ！」

わけのわからないことを叫んで、譲二はビールを呷《あお》った。

ふと、そういえば凜は携帯を持っているんだろうかと考えた。会計を済ます間、エミと何やら楽しげに話していたようだったが、もしかするとそれこそメールアドレスの交換でもしていたのかもしれない。

凜が持っているのなら、メールをしてみるのも悪くない——と考えて、理一はふっと笑った。互いの生活音まで筒抜けなのだから、携帯など鳴らすより「凜くーん」と壁に向かって呼んだ方が早い。

それにしても凜があんなことを言うなんて、不意を突かれた。もちろんいい意味でだ。

「回り道、か」

「ん?」

「いや、なんでもない」

お開きになる間際の凜の言葉を、理一は一字一句記憶している。

甘いといえば、確かに甘い考えだ。現実を知らないから言えるのだと、切り捨てることもできる。しかし凜の考えは実に魅力的だ。最終的には自分で判断することだとしても、あの場であんなアドバイスをもらえて、エミは自分の未来に希望が持てただろう。

凜は考え方が柔軟なのだ。柔らかく優しい。しかし中心にはちゃんと芯《しん》が通っている。

「凜くん、いい子だな」

アルミ缶を手で弄《もてあそ》びながら、譲二が言った。

「あ、いい子じゃ失礼か。俺らと三つしか違わないいんだからな」

「確かに」

そうは見えないけどな、と譲二が笑う。

「お前、さっきなんで反論しなかった」

「反論？　――ああ」

何の話かと思ったが、すぐにエミの進路の話だと気づいた。

「なぜ反論しなければならないんだ。凜くんの言っていることは、実にもっともだ」

「正反対の考えを出されて、お前が自分の意見を主張しないなんて、珍しいと思ってさ」

「どちらか一方だけが百パーセント正しいことなどない」

「おうおう、ますます理一らしくない」

からかうような譲二の態度に、少々ムッとした。

「凜くんは、何もかもがお前と正反対だ」

「僕は別にいい子じゃなくて結構」

「そういう意味じゃねえよ」

じゃあどういう意味だと問《と》い質《ただ》す前に、天井からキン、コッ、ンと聞き慣れた音がした。

瀕死《ひんし》のチャイムは、凜の部屋のものに間違いない。もそもそと人の話す声に続いて、ドアが閉まる音が聞こえた。

こんな深夜の訪問。誰なのだろう。どんな関係の人間なのだろう。

「な。わりと聞こえるだろ」

譲二が天井を見上げる。理一は無言で耳を澄ました。

はっきりとは聞き取ることのできない話し声は、男性のものだということしかわからない。天井板と畳を隔てているのだから当然なのだが、理一にはふたりが声を潜めているように感じられてしまう。

あは、と笑う声が聞こえた。凜の声だ。

来客とは親しい間柄なんだろうか。理一は上階の気配に神経を集中させた。

「飲んで帰ってきて、こんな時間から仕事か。大変だな、凜くんも」

「………………」

仕事とは限らないだろう。友人や知り合いかもしれない。深夜まで残業していてたまたまアパートを通りかかったら、凜の部屋の電気が点《つ》いているのを見つけてそれで、とか。

気づけば理一は必死になって「仕事ではない理由」を考えていた。しかし次の瞬間。

『あっ……あ、そこ』

やけにはっきりと聞こえたその声は、紛《まぎ》れもなく凜のものだった。

理一は思わず譲二と顔を見合わせる。

男のくぐもった声。おそらく気持ちいいかと尋ねたのだろう、凜が『とっても気持ちいいです』と答えた。

『そこ、あ、ダメです……あっ』

うわずったような声に加え、天井がギシ、ギシ、とリズミカルに軋《きし》み出す。

理一は思わずその場に立ち上がった。

「おい、理一、早まるな」

譲二が慌てたように理一の腕を摑んだ。

「どこ行く気だ」

「別に、どこにも行かない」

「んじゃ、どうして立ってんだよ」

「立ちたくなっただけだ。手を離せ」

譲二の口の周りの泡が無性に腹立たしくて、いらいらとその手を払いのけた。

「いいから座れって」

「言われなくても座る」

ドスンと乱暴に腰を下ろすと、座布団が薄いせいか尾てい骨に響いた。

こんな薄い座布団は座布団じゃない、とまた腹が立つ。

「仕方ないだろうよ。仕事なんだから」

「なんの話だ」

「お前が怒ったって、どうにもならないってことだ」

「僕は怒ってなどいない」

「怒ってんだろーよ。そうしてぷりぷりぷりぷりぷり」

「座布団が薄いからだ」

「やっぱ怒ってんじゃんかよ」

ハッとため息をつき、譲二は「あのなあ」と残り少なくなったビールを喉《のど》に流し込んだ。

「お前は、自分の研究以外に興味がないから知らないだろうけど、世の中ってのは広いんだ。他人には知られたくないような仕事でもって、生計を立てている人間もたくさんいる」

「知っている。そんなこと」

「いーや、お前はわかっていない」

「わかっている」

「わかってないっつーの」

真夜中のアパートの一室で、何の因果か理一は八年来の友人と睨み合う。

「凜くんはいい子だ。少々変わっているが。さっきお前もそう言っただろ」

他に言いようがなかった。

感情が高ぶりそうになった時の理一は、思いの外無力だ。

「わかってるよ。けどな理一、彼がいい子だということが、今、上で起こっていることを否定する材料にはならないだろ」

「………」

譲二の言いたいことくらい、理一とて十分わかっている。しかし脳が理解するということと感情が認めるということは、まったく別のことなのだ。

さっきまで自分の隣で、飲んだり食べたり笑ったり頬を染めたりしていた凜。

『あっ、あっ、そこです……ああ、きもち、いい……ん』

聞こえてくる艶めいた声に、耳を塞《ふさ》ぎたくなる。

「それでも、凜くんはいい子だ」

「だからそれはわかってるって」

「僕に、二十年前の夕焼けを思い出させてくれた」

「夕焼け？　なんのこっちゃ」

「とにかく、いい子なんだよ。彼は」

阿呆《あほう》のように同じことを繰り返す理一に、譲二は「おいおい」と目を剝いた。

「理一、お前まさか」

「まさかなんだ」

「いや……いい。なんでもない」

譲二はしばらくの間理一と天井を交互に見ていたが、結局何も言わず、キッチンへ消えていった。

＊＊＊

「あたしね、この世で一番豆腐が嫌いなの」

居酒屋の片隅で、唐突に彼女は言った。だって豆腐は四角くて白いからと、怖いくらい真剣な眼差《まなざ》しで告白され、僕はなんと答えればいいのかわからず「だったら四角くなくて、白くないものを頼んだらいいよ」と彼女と同じくらい真剣な顔で言った。

「なんでもきみの好きなもの」

「あたしの好きなものは旅行。スマトラ島かマレー半島に行きたい」

「場所を間違えたみたいだ。残念ながらこの居酒屋のメニューに海外旅行はないよ。今から隣のビルの旅行会社に行こうか」

すると彼女が初めて僕の前で笑った。「あなた変わってるわ」

僕は「そうでもないよ」と答え、一体なぜこんなに大きくする必要があるのかといつも不思議に思っている、ラミネート加工されたメニューを彼女の前に差し出した。

「焼き鳥はとりあえず、白くも四角くもない」――……。

凛はうーんとひとつ大きく伸びをし、書きかけの新作原稿をひとまず上書き保存した。

首を左右に振ると、バキッボキッとおよそ二十代の若者らしくない音がした。激しい肩こりと定期的に悪化する腰痛は、職業病と諦めている。美鈴の他に三人ほどいる担当編集者は偶然にもみな体育会系で、マッサージの腕に覚えのある人ばかりだ。あまりに辛《つら》そうな凛を見るに見かねて、しばしばマッサージを施してくれたりする。

本当にありがたいことだと思っている。岩のように凝った肩や背中を揉《も》みほぐしてもらうと一時的に楽になるのだが、根本的な治療にはなっていないようだ。

凛は座ったまま、ぐるぐると両手を回した。

「少しは運動しないとな」

基本恋愛、でもちょっとアドベンチャー、ちょっとファンタジー、で、バカバカしいのにどこか切ない。そんな小説が凛は好きだ。好きだから書いてみた。楽しいから書き続けた。それが仕事になるなんて、夢にも思わなかったけれど。

「けどこの話、面白いのかなあ」

休憩を決め込んだものの、凛の心から不安は消えない。

このあと僕と彼女は、思いがけないトラブルに巻き込まれ、すったもんだの挙げ句、マレー半島に旅立つ。彼女のトラウマは幼児の時、とある組織の手で作られた白くて四角い部屋に監禁されていたことに起因する。その部屋はマレー半島の密林の奥地にあるのだが、彼女の記憶からは消えている。僕は彼女に振り回され、困惑しながらも次第に彼女に惹《ひ》かれ、彼女を好きになり、彼女を守りたい一心から行動を共にするようになる。そしてふたりに訪れた最大の危機。ふたりを救ったのはなんと、彼女が昔助けたある動物だった——。

今回の作品は、ざっとそんな感じのストーリーだ。

「前作とイメージ違うからなあ。でも同じような話ばっかりじゃ、飽きられちゃうし」

畳くずが付くのを承知で、凜は背中からごろんと転がった。

いつものことなのだ。新作の初稿中はいつだって不安だ。そしてその不安は読者から「面白かったです」という反応をもらうまで続く。そういうものなのだと割り切らないと続けてはいけない仕事なのだ。

ただ、このところ凜を悩ませているのは、いつもの不安だけではなかった。

生まれて初めての合コンから三日。凜はまだぼーっと余韻の中にいた。

——素敵だったなぁ、理一さん。

凜の調べによれば、合コンの席で小難しい話や専門的な話はタブーなはずだった。しかし理一はそのタブーに果敢に挑戦し、天晴《あっぱ》れ見事打ち破った。聞くところによると、誰かがタブーを犯したコンパはたちまち座が白け、早々に散会することが多いらしい。しかしあの夜はみんな楽しそうだった。もちろん凜も、めちゃくちゃ楽しかった。

プルンチョが固まる原理について語る理一ときたら本当にもう、誰かに携帯で動画を撮ってくれと頼まなかったことを後悔するくらい、それはそれは格好よかった。自分が死んだら棺《ひつぎ》に入れて欲しいとまで思っているプルンチョについて、理一のあの声で懇切丁寧に解説してもらえるなんて。

確かな知識に裏打ちされた自信に満ちあふれた解説は、内容が理解できようができまいがそんなの関係ねーっ、と今さらの海パンで叫びたくなるほど魅力的だった。実際内容はちんぷんかんぷんだったから、理一が話している間中、凛は休日の昼下がりに理一とふたりしてプルンチョを作るところを妄想していた。具体的かつ濃厚な妄想にどっぷり浸《つ》かりすぎて、譲二にどうしたのかと聞かれてしまったのは不覚だった。

「スイーツでもなんでも、凛くんの好きなものを頼みなさい。なんちって〜〜っ！」

理一の口調を真似《まね》ながら、凛は畳の上をころんころん転がって悶えた。

実は新作の中で〝僕〟に言わせた『なんでもきみの好きなもの』という台詞は、理一の台詞からヒントを得た。好きなものを頼みなさいという台詞は、文字にするとどうということはないけれど、実はさりげなく男らしいと凛は思う。

正面から観察はできなかったが、なにせ肩と肩が触れあうほどの距離で、その横顔を好きなだけチラ見することができた。理一の声、仕草、不意に伸ばされる手の長さや速度、手首の骨の出っ張りまで、凛は何もかもを記憶しようと必死だった。

うっとりと目を閉じるのは多分、今日だけで百回目くらいだ。これから少なくとも数ヶ月は、あの合コンの思い出をおかずに生きていける。毎食白飯三杯は軽くいけそうなのに、米の備蓄が底を突きそうなのが残念だ。

ただ、前知識はあれほど豊富だったのに、凛はとても根本的で重要なルールをひとつ失念していた。合コンというイベントは、基本的に女性と男性が出会う場であり、決して男同士が友情を深める場ではない、ということ。男同士腹を割って話がしたいのなら、オシャレなイタリアンレストランを予約する必要はない。部屋着のまま誰かの部屋に集まり、焼酎《しょうちゅう》のお湯割りでアタリメでも囓ればよろしい。

駅前のユニクロで時間ギリギリまでコーディネイトに悩み、（ついでに言えば合コン代と洋服の購入代金を美鈴に借りるという笑えないオマケ付きで）泣きそうになりながら店員を捕まえて、急遽《きゅうきょ》イマドキの二十三歳に仕上げてもらう必要もない。話題だって、仕事や恋人の愚痴、ツボや印鑑を売りつけられそうになった話、「実はおれ最近痔主《じぬし》なんだ」なんていう苦悩の吐露から、エロビデオの貸し借りまで、なんでもありだろう。

そうじゃないからこそ、イタリアンレストランだったわけだ。

然るべくして、理一はエミと意気投合した。

気づかないうちに日が傾いていた。凛はかび臭いカーテンを閉め、点《とも》るのにたっぷり十五秒を要する蛍光灯の紐《ひも》を引くと、はぁぁぁと長いため息をついた。

『あの、よかったらメアド教えていただけますか』

一瞬だった。通路で話している理一とエミの後ろを通りかかった時、偶然聞こえてしまったのだ。咄嗟《とっさ》に聞いてはいけないと思い、大急ぎでその場を通り過ぎた。だから理一がなんと答えたのかはわからないが、断る理由もなかろう。

凛は携帯電話を持っていない。持てば持ったで便利なのだろうが、いかんせん所持すれば通信費がかかる。使わなくても基本料金はかかるし、壊れたら買い直さなくてはならない。決して安くはないそういった経費を捻出《ねんしゅつ》する余裕が、今の凛にはない。

自他共に認めるインドア派であるし、取材などでどうしても家を空けなければならない時は、事前に担当編集者に取材先を知らせておくようにしている。これまで問題が起きたことは一度もないし、不自由を感じたこともなかった……のだけれど。

「付き合うのかな、ふたり」

凛は初めて、携帯電話が欲しいと思った。

エミはとても可愛いらしい女性だった。三人の中では一番明るくて元気で気さくで、くるんと遊ぶように巻いた毛先が今時の女の子っぽくて、背の高い理一と並んだらきっとお似合いだろうと思えた。唇なんかぷるぷるしていて、なんだかイチゴみたいな色だった。

理一だって男だ。あんな可愛い唇で「メアドを」なんて言われて、嫌なわけがない。凛とのイチゴ同盟と、エミのぷるぷるイチゴ唇。どちらのイチゴを選ぶかは、あらためて問うまでもないことだ。

「ていうか、イチゴ同盟ってなんだよ」

バカバカおれのバカ。凛は拳《こぶし》で頭をぽこぽこ叩いた。勢いでつい口にしてしまったが、凛自身それがどういった趣旨の同盟なのかわかっていない。

きっと呆れられただろう。こいつバカなんじゃないかと思われたに違いない。今頃「凛くんって相当変な子だよね」なんて、エミにメールしているかもしれない。

そう思ったら、ずどーんと気持ちが重くなった。

でも、アドレスを交換したからといって必ずしも交際に発展するとは限らないし。

でもでも、理一からメールが来る可能性があるだけで百万歩リードって気もする。

でもでもでも、アドを知らせてあるのにメールが来なかったら絶対に悲しい。

だったらアドレスなんか知らない方が。でもでもでもでもでも。

「ダメだ。ちょっと外の空気吸ってこよう」

少しだけ休憩するつもりが迷宮に迷い込み、原稿に戻れなくなってしまった。

気分転換と運動不足解消のため、夕暮れの町へと繰り出した凛は、目的をほとんど果たさないうちに、横町で首に髑髏《どくろ》をぶら下げた男に遭遇した。一瞬ぎょっとおののいたが、すぐに誰だかわかった。

「ようよう、凜くんじゃない」

「こんばんは、譲二さん。先日は誘っていただいてありがとうございました」

「こっちこそ、突然誘っちゃってゴメンね」

「そんな。とっても楽しかったです」

そりゃあよかった、と本山はスカルとは別次元の、いかにも人の好《よ》さそうな満面の笑みで歩み寄ってきた。凜の二倍はあろうかという大股《おおまた》だ。

「ねねっ、誰か気に入った子、いた？」

歩きながら聞かれ、凜は「いいえ」と首を振った。理一のことばかり気になって、女の子たちにまったく気を遣うことができなかったと、実は後になって少し反省した。

「そっかあ。凜くん、わりと理想高いんだね」

「え？　そっ、そうじゃありません」

誤解されて凜は慌てた。

「おっ、おれ、なんていうか、女の子とそういうの、基本的にダメっていうか」

「ダメ？　女の子が？」

「あっ、えっと、そうじゃなくて、なんて言ったらいいのかな」

焦るほど言葉は自由を失う。キーボードに向かっている時の方が、凜は饒舌《じょうぜつ》だ。自分がその気になったところで、きっと相手に「うん」とは答えてもらえまい。凜の部屋にも鏡くらいはある。洗面所の、隅々に緑青《ろくしょう》が蔓延《はびこ》ったおんぼろの鏡に写る自分が、どこからどう見てもイケメンなどではないことくらい、ちゃんとわかっている。加えて男にしてはかなり頼りない体躯《たいく》と、それを助長するよれよれの風貌。髪をとかして服装を今風にしたところで、たかが知れている。

だから凜は、自分が女の子とどうこうなることを想像できない。妄想はいつだって見知らぬ誰かと誰かの恋物語。リアルに自分が恋愛する場面を想像したところで、空《むな》しいだけだ。

「上手く言えなくて、すみません」

「ああ、いやいやいや。そっか。そうだね。そうだよね。こっちこそ変なこと聞いちゃってゴメン」

何を納得したのか、本山はひとりでうんうんうんうん、何度も頷いている。

「でもホント、この間はすごく楽しかったです。おれ、普段ほとんど外に出ないから。なんかおれだけテンション高くなかったですか?」

「そんなことないよ」

「よかった。ご迷惑でなかったら、また誘ってください」

本山は「了解」と爽やかに笑ったのだが、すぐに真顔になり凜の前に回った。

「ねえ凜くん。ちょっとだけ時間ある? 十五分、いや十分でもいいんだけど」

「はい、大丈夫ですけど」

「んじゃ、そこの公園に行こう」

自販機でペットボトルのお茶を買い、凜は本山とふたり、住宅地の一角にある児童公園へと向かった。


「あのね、凜くん」

公園のベンチに腰かけるや、本山はさっきまでとは別人のように重々しい口調で言った。

「理一のことなんだけど」

内心ドキリとした。

「り、理一さんが、どうかしたんですか」

「いや、特別どうかしたという、わけじゃ、ないんだ、け、ど」

奥歯にものが挟まったように、何とも歯切れの悪い口ぶりの本山は、ベンチの隅に〝の〟の字でも書かんばかりに俯いている。一体なんの話なのだろうと、凜はその顔を覗き込んだ。

「まさか理一さん、具合でも悪いんですか」

「や、そういう話じゃなく」

本山は意を決したように顔を上げた。

「凜くん」

「はい」

「凜くん、この間の合コンで、理一のことチラチラ見てたよね」

ゴトン、と音をたてて凜の手からペットボトルが落ちた。慌てて地面から拾い上げたのは本山で、凜は見事な四白眼になっていることにも気づかず、固まった。

「そ、それは、ですねっ」

言い訳しようとした凜の肩を、本山の手がワシッと摑んだ。

いいんだいいんだ、何も言わんでよし、とその手の重みが言っている。

「凜くん、きみは理一と知り合って、まだ十日ほどだ」

「ええ」

「あいつのこと、まだよく知らない。というかほとんど何も知らない」

「はあ……まあ」

「理一って、知的でスマートな印象だよな。本人はまったく意識していないようだけど、相当な美形だ」

「ええ。それはもう」

不自然にならない程度に、しかし精一杯力強く頷いた。理一は凜が二十三年間の人生で出会った人間の中で、文句なしに知的でスマートなイケメン第一位だ。

「理一さんをご存じの方は、みなさんきっとそう感じてるんじゃないですか」

「多分ね。けど、その誰もが理一の裏の顔を知らない」

「裏の顔？」

きょとんと首を傾げた凛を、次の瞬間、今世紀最大の衝撃が襲った。

「そう。裏の顔。実は理一はね、変態なんだ」

「へっ——」

「それもただの変態じゃない。筋金入りのド変態。想像を絶する変態だ」

そのまま銅像になってしまいそうな、激しいショックに襲われた。ここで言う変態とは、おそらく昆虫が幼虫から蛹《さなぎ》になり成虫に変わっていく過程のことではない。

「縄だの鞭《むち》だの蠟燭《ろうそく》だのボンデージだの、そういうのが大大だ～～い好きなわけ」

「ド変……なわ……むち……」

鞭を振り回す理一の姿が、どうしても想像できない。ついでに縄も鞭も蠟燭も、脳内で漢字に変換できない。それほど凛は混乱していた。普通と変態、変態とド変態は、大体どのあたりでライン引きされるのだろうと、うすらぼんやり考えるのが関の山だった。

「理一の恋人になる子は、大変だと思うよ」

「……はあ」

「とてもじゃないが口に出すのも憚られる、あんないやらしいことやこんなエッチなことを、一緒になって積極的に楽しめる子じゃないと、付き合っていても辛くなるばかりだろうね」

「……ですね」

積極的にじゃないけれど、理一さんとならちょっとくらいは。

ふと脳裏《のうり》を過《よぎ》った考えを、凛は慌てて否定した。

「俺はそういうのまったく無縁だけどさ、ド変態の世界も奥が深いらしいよ」

凛だってまったく無縁だ。押し入れの奥に蠟燭はあるが、当然非常用であって決して疚《やま》しい目的で買ったものではない。

「びっくりした？」

「ええ……ちょっと」

「だよね。けど傍からはそう見えない人に限って、実はそっちの人だったりするみたいだし」

「本山さんは、理一さんのこと何でもご存じなんですね」

「付き合い、長いからな」

理一が自分から本山に性的嗜好を打ち明けたのか、それとも本山が気づいたのか。どちらにしても凛は、本山が羨ましかった。自分も長い付き合いになれば、理一に秘密を打ち明けてもらえるだろうか。

――凛くん、実は僕、ド変態なんだ。

理一の声で想像したら、背中がぞくぞくっとした。夕方の児童公園で、長く伸びたジャングルジムの影を見ながらするのには、あまりにふさわしくない妄想だった。

「少し気温が下がってきたね」

いきなりぶるっと震えた凛を気遣ったのだろう、本山は立ち上がった。

「そろそろ行こうか。引き留めてゴメンね」

本山は拾ったお茶のボトルを凛に手渡し、「まあさ」と少し明るい声で言った。

「ド変態ではあるけど、理一は理一だから」

「……はい」

「お隣さんとして付き合う分には、なんの問題もないし。ただね、深入りはしない方が凛くんのためだと思う」

ありがたい忠告には違いないが、胸の奥がチクリと痛んだ。

「それからこのことは、凛くんの胸の中にそっとしまっておいてくれる？」

凛は小さく頷いた。もちろんですと、心の中で力強く答えた。

「あの」

「ん、なに？」

ちょっと強面《こわもて》だが実は優しく気のいい町の兄ちゃん風を装っているが、本山の観察力は侮れない。合コンの席で理一ばかり気にしていたのを、ちゃんと見抜いていたのだから。おそらく凛が毎夜、理一に関する様々な妄想を繰り広げていることにも、何となく気づいているのだろう。だからこそ、こうしてわざわざ引き留めて忠告したのだ。

「おれの事情というか、その、いろいろも、できれば内緒にして欲しいんです」

「凛くんの、事情?」

日がな一日、壁に耳を押し当てて隣室の気配を探っているなんて、理一には絶対に知られたくない。

一瞬首を傾げた本山だったが、やがて察したらしく「ああ……」と大きく二度、頷いた。

「その点は心配いらない。全部わかってるよ」

凛は慄然《りつぜん》とした。やはりすべてお見通しだったのだ。いやはや、恐るべしスカル。

「俺の心はな、いつでもバリアフリーだ」

わははと豪快に笑う横顔に、凛はようやく安堵《あんど》した。


部屋に戻るやいなや、餌に飛びつく仔猫のように、まっしぐらにパソコンに向かった。美鈴が見ていたら「あら珍しい」と地味に褒めてもらえるところだが、残念ながら原稿を始めるためではない。

「エス、エム……っと。うわ、こんなにいろいろ」

ウィキペディアから『あなたの隠れSM度を診断』まで、ずらりと並んだサイトに凛の鼓動はお祭りのようにドコドコ鳴った。悩んだ挙げ句凛がクリックしたのは、SM用品の通販サイトだった。世にもおどろおどろしいサイトの入り口で、十八歳以上かと聞かれ、YESを押す指がちょっと震えた。

「うっわ、ぁ」

誰もいないとわかっているのに、思わず周囲をきょろきょろと確認してしまう。

「鞭……M字開脚枷《かせ》……にょ、尿道拡張ブジー？　尿道って拡張できるものなんだ……男性用貞操帯って、そんなのまであるのか、お、おむつぅ？」

唾《つば》を飲むゴクリという音が妙に生々しくて、凜はひとり赤面した。

「それからっと……低温蠟燭かぁ、なるほどね。確かに本物の蠟燭で火傷《やけど》なんかしたらマズイだろうし……は、鼻フックぅ？」

なんじゃこらと首を捻《ひね》ったところで、凜はハッと思い出す。

「あっ、もしかするとこれはあれか、この淫乱《いんらん》な雌《めす》ブタめ！　ってやつ」

ブタ鼻に興奮する心理を理解するには、五億年以上かかるだろう。脊椎《せきつい》動物は進化しやがて人類が誕生する。その世界は奥が深いと言った本山の言葉を、凜は今さらのように反芻《はんすう》した。

奥が深すぎて目眩《めまい》がするけれど、理一がこの世界の住人だと思うと、凜は戸惑いと同じくらい不思議な高揚感に襲われるのだった。

理一と鞭。理一と尿道拡張ブジー。理一と低温蠟燭。理一と鼻フック。

――淫乱な雌ブタめ！

あの憎いくらい抑制の効いた声でもって、脳内再生してみた。

途端に凜の鼓動は、トランポリンで遊ぶ子供のようにぴょんぴょん跳ねた。

「理一さん、どんなプレイが好きなんだろう」

眉ひとつ動かさず淡々と鞭を振る姿は、案外様になっているかもしれない。この貞操帯を装着しなさい、なあんて冷たい声で言われたりしたら、思わず言いなりになってしまうかもしれない。

──『凜くん、気持ちがいいだろ』『はい、理一さん』『もっと強く打ってくださいと言いなさい』『もっと強く打ってください、あっ、痛っ』『痛いじゃないだろ、凜くん』『き、気持ちいいです、理一さん』

いつの間にか理一に鞭打たれているのは、知らない誰かから凜自身に変わっていた。

──『鼻フックを着けなさい』『い、嫌です！　それだけは嫌です』『悪い子だな。仕方がない、それじゃあ先に尿道を拡張しよう』『嫌っ、ダメです！』『さあ足を開いて。このM字開脚枷で固定しよう』

「嫌だぁぁーーっ！」

埃臭《ほこりくさ》い座布団を頭から被《かぶ》り、凜はぶんぶん首を振った。

無理無理無理無理。絶対に無理。

至極一般的な恋愛すら経験のない凜にとって、SMプレイはたとえ妄想だけとはいえ過激すぎる。自動車教習所に通い始めたばかりでいきなりF1マシンを与えられ、さあサーキットを時速三百キロで走りなさいと言われるようなものだ。間違いなく第一コーナーで事故を起こす。できることなら普通乗用車で、仮免許、路上、運転免許センターで試験と、きちんと段階を踏みたい。

特に鼻フックはダメだ。自分の中の大切な何かを失ってしまいそうだ。それから尿道拡張もできれば遠慮したい。痛いのは嫌いだ。

でも理一にどちらかを望まれたら、どちらを選べばいいのだろう。究極の選択を迫られた凜が完全に涙目になっていると、隣の部屋の玄関が開く気配がした。

「理一さん、帰ってきた」

いつもは激突せんばかりに壁に耳を当てるのだが、今日は妄想の内容が内容だったため、いささか遠慮がちに近づいていった。

ひとり暮らしなのだから当たり前のことだが、いつも理一は無言だ。玄関が閉まってすぐに聞こえるバサリという音は、おそらく脱いだ上着をどこかに置く音。続いて聞こえるカチャカチャという金属音は、多分腕時計を外す音。テーブルに食器を置く音。パソコンの起動音は、ごく低い音だがマックだとわかる。ほんのたまに、テレビの音も聞こえる。

見えなくてもわかる理一の気配。しかしこの日凜の耳が捉《とら》えたのは、聞き慣れたそれらの音ではなかった。

『どうぞ』

『お邪魔しまーす』

そんなふうに聞こえたのは、来客だという先入観からだろうか。お邪魔しますと答えたのは、若い女性の声だった。

——理一さんに、お客さん。

こんな夜中の訪問。しかも一緒に帰ってくるくらいだから、それなりに親しい間柄なのだろう。姉か妹か。もしかすると従姉妹《いとこ》。じゃなきゃ恐ろしく声の若い母親とか。考えられなくはないけれど、家族なら『お邪魔します』とは言わない。とすると最も自然なのは……。

「……恋人」

小さく呟いた次の瞬間、凛の脳裏に今の今までかぶりつきで見ていたサイトの画像が、ドドドと列を成して溢《あふ》れてきた。これから隣室で繰り広げられるのであろう痴態の数々を想像し、凛はぎゃっと飛び上がった。

「みっ、耳栓！　耳栓どこだっけ」

凛はがさごそと机の引き出しを漁《あさ》った。以前道路向かいのマンションで外壁工事が行われていた時、あまりのうるささにたまらず買った耳栓が、まだどこかにあったはずだ。ボールペンや付箋を探していると必ず出てきて、いつも邪魔だ邪魔だと思っていたのに、こんな大事な時に限って見つからない。

アパートの安普請《やすぶしん》をこんなに呪《のろ》ったことはなかった。薄っぺらい壁の向こうから今しも鞭を振る音が聞こえてきそうで、凜は泣きたくなった。

　耳栓が見つからない。もしかしたら捨ててしまったのだろうか。凜は捜索を諦め、さっき頭に載せた座布団を、もう一度、今度は耳まで覆うようにしっかりと被った。尻《しり》を突き出す格好になってしまうが、そんなこと構っていられないし、どうせ誰も見ていない。

　一分が経過した。三分……五分経った。

　座布団のおかげか、隣室の音はまったく聞こえない。聞こえないのだから座布団の効力に満足すべきなのだが、何も聞こえないということはすなわち、いつまでこうしていればいいのかわからない。オールナイトだったりしたら、夜が明けるまでこの体勢を保たなければならない。そうなると、さすがに少々辛い。

　結局十分ほど経過したところで、凜はおそるおそる座布団を耳から離した。

　遠くの道路を走る車の音。置き時計のカチコチという音。

　と、壁の向こうから玄関ドアを開く音がした。凜は身を固め、耳を澄ます。

『ホントごめんなさい。夜なのに、お邪魔じゃなかったですか？』

『いえ……』

『なんか、いろいろ聞いてもらっちゃって、ありがとうございました』

『駅まで送らなくて、大丈夫ですか』

『まだそんなに遅くないし、平気です。それじゃ』

コツコツと通路を歩くヒールの音が、階段を下りる音に変わる頃、二〇二号室の玄関は静かに閉まった。

凛はようやく全身の力を抜き、座布団を本来の位置、つまり尻の下に戻した。

さっきは慌てていたせいもあって、はっきり聞き取れなかったが、今の会話でわかってしまった。理一を訪ねてきた女性は、エミだ。まさかというより、やっぱりという思いが強かったが、それでもショックなことには違いない。

気さくで気取らない、今時の女子大生という印象だった。淫乱な雌ブタとは、ある意味対極にいるような女性だ。しかし本山に言わせれば「そうは見えない人に限ってそっちの人」らしいから、受けるイメージなどなんの情報にもならないのだろう。逆にそちらの筋の人々というのは、イメージと違えば違うほど、そのギャップに興奮するのかもしれないし。

ただ、今夜のところはとりあえず何もなかったようだ。凛が決死の覚悟で耳を塞いでいた時間は十分にも満たない。十分足らずで、縄で縛って鞭で打って蠟燭垂らして尿道広げて、なんていくらなんでも無理だ。

「それにしても理一さんが……変態」

信じられないし信じたくないけれど、親友の本山がわざわざ嘘《うそ》を教えるとは考えにくい。

――鼻フックでもなんでも、凛くんの好きなプレイを注文しなさい。

ぞくぞくする低音で妄想の理一が囁《ささや》く。

「理一さん……」

鼻フックだけはどうしても嫌だと告げると、じゃあ尿道を拡張しようねと、理一は冷たく微笑んだ。凜はそっと目を閉じる。覚悟は決まった。

――自分で脱ぎなさい。パンツもね。

理一の命令に、どうして逆らえよう。凜は消え入りそうな声で「はい」と答え、まだ少し肌寒い五月の空気に、無防備な下半身を晒《さら》した。

座布団に裸の尻を下ろし、中心に指でそっと触れる。

「……っ」

思ったより硬くなっていて驚いた。凜のそこはすでに、半分まで勃ち上がっていた。妄想がコントロールできずにうっかり、ということは時々ある。ぎゅっと抱き締められて唇が触れる。その程度の空想で、凜は十分気持ちよくなれる。しかし今日は、何もかも勝手が違った。

相手の理一は、隣に住む実在の大学院生であり、今現在も尻の下の座布団と同じくらい薄っぺらい壁の向こう側にいる。何よりここで恥ずかしい部分をさらけ出しているのは、紛れもなく凜自身だ。頭の中でこしらえた誰かと誰かじゃない。

こんなことしちゃいけない。罪悪感も、戸惑いもある。けれど初めての超リアルな妄想の波に、それらはあっという間に呑まれて消えた。

——足を開いて。閉じてちゃ見えない。

尿道を広げるとどんないいことがあるのかさっぱりわからないまま、凛はテーブルの縁に背中を預け、そろりと両足を開いた。サイトで見た、銀色に光るブジーを想像した。

——器具を挿入する前に、少し指で弄《いじ》ってあげよう。

「理一、さん……」

指の腹を、先端の割れ目に当てた。もう、少しだけ濡《ぬ》れてきているそこは敏感で、凛の唇からは思わず吐息が漏れた。

——もう少し強くするよ。

指先を、割れ目に食い込ませる。

「やっ、あっ……ん」

ジン、と鋭い快感が一気に背中まで走った。溢れ出た透明な体液が、熱を帯びた幹を伝った。凛は矢も立てもたまらず欲望を擦《こす》り上げる。

「あっ……りいっ、理一さ、ん」

上擦《うわず》る声で理一を呼び、合間に辛《かろ》うじて呼吸をした。

「やっ、あっ……ダメ、もっ……」

——もう少し我慢しなさい。

理一が根元を強く握る。

射精感は強まるのにイけない焦《じ》れったさに、凜は身を捩《よじ》って悶えた。

「やめ、て」

凜は涙声で訴える。理一は整いすぎた口元で、ふっと笑った。

――ここでやめたら、きみはかえって困るだろう。

「でも、もう、おれ」

――我慢が足りないね。

「ごめん、なさっ……でも、ダメ、です。もう、出ちゃい、そ」

――仕方がない。それじゃあ、こうしてあげよう。

薬指の先端を割れ目に強く押し入れ、同時に濡れた幹を扱《しご》いた。実際に器具を差し込んだわけではないが、まるでそこに何か突っ込まれ、ぐりぐりと掻《か》き回されたような激しい快感が凜を貫いた。

「ひっ、アッ、りいち、さんっ……あぁっ！」

ビクビクと身体を撓《しな》らせ、凜は果てた。ぎゅっと閉じた目蓋の端に涙が滲《にじ》む。いつまで経《た》っても収まらない吐精に、自分はおかしくなってしまったのではないかと心配になった。いけない。こんなのよくない。

快感の余韻が残る中、凜は徐々に冷静さを取り戻した。

理一にはエミという女性がいる。これから付き合うのかもしれないし、もう付き合っているのかもしれない。それなのに自分のような、ただ隣に住んでいるというだけの人間が、妄想でもってこんないやらしい……こんな変態めいた……。

「でも、わりと気持ちいいかも、尿道」

おそるおそる視線を落とすと、凜のそこは驚いたことにまだ萎《な》えていなかった。

——もの足りないようだね、凜くん。

天の声が聞こえた。

「だからダメだって、言って……るのに」

凜は躊躇《ためら》いながら、自分の放ったもので滑ったままの中心を握った。

「嫌……んっ」

——僕にはわかる。きみは本気で嫌がっていない。

「理一さん……」

もちろん嫌なわけがない。

——どこをどうされたいのかな。言ってみなさい。

これはおそらく、言葉責めとか羞恥《しゅうち》プレイとかいうやつだ。いやらしい言葉を口にさせて喜ぶという。凜はわけもなくぶるっと震えた。

言えない、言いたくないと必死に抵抗した凜だったが、数分後には貞操帯で射精の管理をされながらも、職業柄むやみに豊富なボキャブラリーを駆使《くし》し、二度目の天国に昇ったのだった。

凛が正気に返ったのは、いい加減夜も更《ふ》けた頃だった。ゴミ箱から溢れそうなティッシュの山と、経験したことのない脱力感に呆然《ぼうぜん》となった。結局、何度果てたかも覚えていない。己の欲望の浅ましさをまざまざと見せつけられ、ひどく落ち込んだ。

こんな気持ちになるのが嫌だったのかもしれない。だから今までずっと、リアルなシーンになる前に、妄想を暗転させてきた。自分の奥に潜む激しい願望に、凛はとっくに気づいていた。一旦認めてしまったら歯止めが利かなくなる。それがわかっていたから無意識に避けていたのだ。

けれど理想の王子さまが現れて、心の堤防は呆気《あっけ》なく決壊してしまった。最後の砦《とりで》だったのに、もう役には立たない。際限なく溢れ出す感情と欲望は、誰にも止められない。

理一が悪いのだ。理一があんなに素敵だから。あまりにも理想どおりだから。

だからこんな気持ちになる。こんなにも苦しくて、こんなにも甘ったるい気持ちに。

妄想の世界に生きていれば楽だ。けどやっぱり、本物の恋をしたい。

好きな人と微笑みを交わし、手を繋ぎ、腕を絡め、キスをして、それから――。

「好きな……人」

凛は、きゅっと唇を噛《か》みしめた。

一度認めてしまったら、きっと元には戻れない。

わかってる。そんなこと、言われなくてもわかってる。

だけどもう、認めないわけにはいかない。

理一を好きになってしまった。理一に恋してしまったのだ。

そして同時に、失恋した――多分。

エミと付き合うのなら、こんなボロアパートとっとと出て、ふたりでどこか小綺麗《こぎれい》なマンションでも借りればいいのに。そうすれば凜だってきっと諦めがつく。壁の向こうにいると思うから、こんな気持ちになる。

凜はいつものように、そっと壁に耳を当てた。隣からはなんの音も聞こえない。

時計の針は午前二時を指している。さすがにもう寝たのだろう。

「理一さん……」

蹴飛《けと》ばしたら崩れそうな薄い壁の向こうが、外国のように遠い。

「せめて妄想だけ。妄想の中だけ、許してください」

妄想の中でしか理一に触れられない自分が、悲しかった。

変態なのは理一じゃない。まともに恋もできないくせに、こんなことをしている凜の方だ。

「ごめんなさい」

壁に向かって呟いたら、やるせなくて、たまらなくなってしまった。

＊＊＊

「なぜこんなことに」

目の前の凄惨《せいさん》な光景が信じられず、理一は思わず天井を仰いだ。

部屋のそちこちに散乱する分厚い書籍類、ノート、そして真っ二つに割れた皿と、その皿に載せられていた本日の自信作・カエル肉のケバブ風味。渾然一体となって床を彩るそれらは、まるで不可思議な模様のようだった。

ことの起こりは三十分前。開けないまま部屋の片隅に積み重ねられていたいくつかの段ボールを、そろそろ片付けねばと理一は重い腰を上げた。押し入れ内のスペースを、脳内で大まかに区切る。左上に布団、その下には古いレポート類、右上には救急箱などの日用品、その下にはタオルなどを入れたラックを収納する。使用頻度と使い勝手を最大限考慮した配置だ。

完璧なシミュレーションを自画自賛しつつ、理一は段ボールを開いた。二十分ほど黙々と作業を続け、半分ほど収納が完了した時、キッチンで何かが動く気配を感じた。

幼い頃から勘はよかったが、残念なことに霊感はない。よって気配の主は霊などの類いではなく、実体のある何者かだ。理一は、作業中の換気のために、玄関ドアを靴一足分だけ開けてあったことを思い出した。

ドアが開いた音はしなかった。ということは気配の主は靴一足の横幅分しかない狭いスペースから侵入してきたことになる。二七・五センチメートルの紳士靴（2E）の幅が何センチなのか正確な数値はわからないが、せいぜい手のひらの幅より少し広いくらいだろう。

――あいつか。

いや違うだろう。無理だ。あんなデブがいくら頑張ったところで、靴の幅を通り抜けられるわけがない。多分違う。違ってくれ。理一はゆっくりとキッチンを振り返った。願いも空しくやっぱりそこにいた〝そいつ〟に、全身がぞぞぞぞーっと総毛立つのを感じた。

「おっ、おまっ、お前っ」

そこで何をしていると喉まで出かかったが、驚きと恐怖で言葉にならない。そんな理一をせせら笑うように、キッチンテーブルの上のデブ猫は、口の端からカエルの足をはみ出させたまま「ぶみゃあ〜〜ご」とひと声鳴いてみせた。

理一は「ひっ」と後ずさる。足下に重ねられていた書籍の山がザザッと崩れた。その音を合図に、デブ猫が巨体を揺らしながら突進してきて――。

そこからはもう、修羅場としか表現のしようがない。外で出会ってもおぞましいというのに、こんなに狭い部屋の中で、体温のある動物と一緒にいることが信じられなかった。暴れ回るデブ猫。ひたすら逃げ回る理一。話し合いの余地など一ミクロンもなかった。

数分後デブ猫は、御自ら侵入してきたくせに「出口はどこだ、うぉるァ〜」というような言いがかりとしかいえない鳴き声を上げながら、ベランダの窓から飛び出した。そして向かいの家の物置にドスンと飛び乗り、ドスドスドスと歩いて姿を消した。

どれほど自分がパニックになっていたのかを知ったのは、右手にフライ返し、左手に粘着ローラーを持っていたことに気づいた時だ。咄嗟のこととはいえ、己の思考回路の凄《すさ》まじいぶっ飛び具合に、理一はその場にへなへなとしゃがみ込んだのだった。

予定の三倍の時間を要して、段ボールの片付けは終わったが、理一は疲れ果てていた。

五月の風がどれほど爽やかでも、シャツが素肌に張りつくほど流れた汗を、即座に乾かすことはできない。せっかく手にしていたのだからと、替えのロールが無くなるまでコロコロ部屋中を掃除したが、まだどこかに猫の毛が落ちているような気がしてならなかった。

とにかく。心身ともに、かつてないほどに疲労していた。

「風呂に入るしかないな」

身も心もリフレッシュすべく、理一は銭湯へと向かった。

駅の裏まで行けばスーパー銭湯などという便利な施設もあるが、大型商業施設に隣接しているため、やたらと親子連れが多くて落ち着かない。その点、歩いて五分のところにある亀の湯はいい。瓦屋根《かわらやね》に紺色《こんいろ》の暖簾《のれん》はいかにも風情《ふぜい》があり、帰国したばかりの理一の心をぐいっと惹きつけた。壁に掛けられた大きな古時計や木製の建具も気に入っているし、湯の温度が四十三度と高めなところも好みに合っている。

定休日以外、ほぼ毎日亀の湯に通っている理一だが、こんな時間に暖簾をくぐるのは初めてだった。連日帰宅が遅いので、どんなに急いでも終了時間ギリギリになってしまう。まだ日のある時間の入浴は、忙しさに慣れすぎた身にはどことなく贅沢《ぜいたく》に感じられた。

番台で入浴料を払う。いつも半分くらい使用中になっているロッカーも、さすがにこの時間はほとんどが空いていた。

服を脱ぎ浴室に入ると、浴槽にひとりと洗い場にひとり、先客がいた。理一はいつも「ここ」と決めている、奥から二番目の洗い場を陣取った。

シャワーで軽く汗を流すと、それだけで少し気分がよくなった。銭湯の入り方は人それぞれだが、理一はシャワーの後一度、浴槽に五分ほど浸かって温まり、それからゆっくり身体や頭を洗うことにしている。風呂上がりの飲み物はフルーツ牛乳。フルーツ牛乳が切れている時は何も飲まずに帰る。決してコーヒー牛乳に浮気をしたりはしない。そういった他人には無意味に感じられる規則性や、自分だけのしきたりのようなものを守ることは、精神衛生上とても大事なことなのだ。

熱めの湯に浸かると、思わずふう、と吐息が漏れた。極度の緊張と精神的疲労で凝った筋肉が、ゆっくりと解《ほぐ》されていくのがわかる。

「ここの湯は気持ちいいねえ」

頭にタオルを載せた老人は、初めて見る顔だ。時間帯が違うと馴染《なじ》みの顔も見ない。

「ええ、そうですね」

理一が返すと老人は「お先に失礼するよ」と上がっていった。

浴室には理一と、視線の先、入り口から三つ目の洗い場で、さっきから頭を洗っている男のふたりきりになった。背中しか見えないが、亀の湯には珍しい若い男のようだった。ほっそりとした身体に似合わず、ガシガシガシガシ豪快に泡を飛ばしている。腕を動かすたび肩胛骨《こうこつ》が動くのがはっきり見えて面白い。痩《や》せているせいで骨が浮いているのだ。

「おっしゃ、終了」

洗い終わったという意味だろう。男が頭をタオルで拭き、こちらを振り向いた。

思わず「あっ」と声を出してしまったのは、彼が実は女性だったとか、へそがふたつあったとか、そういった理由ではない。

理一はすぐに彼を認識したが、彼は目を眇めて懸命に焦点を合わせようとしている。仕方があるまい。あんなに分厚いレンズの眼鏡を外しては、何も見えないだろう。

「凜くん」

だから理一はこちらから声をかけた。すると凜はタオルで前を隠しながらツツと小股で近寄ってきて「あわっ!」と驚いた声を上げた。ようやく焦点が合ったらしい。

「り、理一さんっ、ど、どうも」

「きみはいつもこの時間?」

「は、はい。だいたいこのくらいです」

「僕は普段は遅い時間なんだが、今日は少々事情があってこの時間だ」

「大学は?」

言いかけて凜は「そうか今日は土曜か」と頭を掻き、「失礼します」と湯船に足を入れた。

凜とふたり、富士山に背を向け湯船に浸かる。なんとも妙な気分だった。

横目でそっと伺うと、淡いピンクに染まった華奢な肩が見える。湯の中では一切身体を動かさないという凜なりの掟《おきて》でもあるのか、その身体は地蔵のごとく微動だにしない。眠っているのかと思ったが、目玉はくるくる動いている。

「あの、理一さん」

凜がほんの少しだけこちらに首を動かした。

「ん、なに?」

「……いえ」

凜はまた正面を向いてしまった。言いにくいことなのかと考え、ああこれかと理一は思い当たる。理一の前腕の、傷痕《きずあと》に気づいたのだろう。

「これは、火傷の痕だ」

修士課程二年目の時だ。実験中に小さな爆発が起こった。幸い大事には至らなかったが、飛び散った薬品と火花が運悪く理一の前腕部を焦がした。

「すみません、じろじろ見てしまって」

じろじろなど見ていないのに、凜は縮こまって謝罪した。理一が古傷を気にしていると思ったのだろう。なんとも生真面目《きまじめ》な性格だが、そこがまた凜のいいところだ。

「滅多にないことだが、ごく稀に失敗もある」

「そうだったんですか」

「あの時はパートナーが油断してね」

パートナーという言葉に反応し、凜が目を剝いたように見えたのは気のせいだろうか。

「ふたりひと組ですることが多いんだ」

「そうなんですか……そういうものなんですね」

凜はそう言ったきり俯いてしまった。少し元気がないように見える。どうしたのかと尋ねようか、考えているうちに五分が経過した。

「失礼して、僕は身体を洗ってくるよ」

理一は立ち上がり、洗い場に向かった。

いつものように、まず洗髪を済ませ、続いて手、足、身体、顔の順に洗っていく。途中、理一は何度となく鏡に映った凜の様子を伺った。視力の悪い凜は、鏡越しに見られていることには気づいていないようだ。ボディシャンプーで身体を洗う理一の背中をじーっと穴の空くほど見つめたかと思うと、不意に顔を横に向けてフフッと口元を歪《ゆが》めてみたり、突然タオルで顔を覆ったりしている。

——やっぱりどこか具合が悪いのだろうか。

理一は首を傾げた。最後の洗顔を済ませ、タオルで顔を丁寧に拭き、もう一度鏡を見るとたった今まで映っていた凜の姿が消えていた。

——先に上がったのかな。

理一は何気なく湯船を振り返る。

凜はいない。ただ、静かな湯船にゆらゆらと、黒い髪が浮いているだけで。

「りっ……」

デブ猫の不法侵入を、百倍上回るショッキングな光景に、理一はタオルを投げ出し駆けだした。そのまま湯船に飛び込み、今まさにぶくぶくと沈みつつある凜の身体を、力いっぱい引き上げた。

「凜くん！　おい、凜くん！」

「ん……ぷはっ、けほっ」

凜はすぐに息を吹き返したが、理一の動悸《どうき》は止まらない。

「大丈夫か。気分が悪いのか」

「理一さん、すみません……あ」

凜の鼻から、つーっとひと筋鼻血が流れた。

理一はぐったり力の抜けた身体を抱きかかえ、急いで脱衣所へ運んだ。


人を負ぶったのは、小学生の時以来かもしれない。本当のことを言うと、あの時は嫌々だった。運動会の競技で、どうしても同級生を背負って走らなくてはならなかった。べっとりと汗をかいた彼の肌がとても不快だったのと同時に、特別嫌いなわけでもない、どちらかといえば仲のよかった友人に対してそんな感情を抱いてしまうことに、十歳の理一は小さな自己嫌悪を覚えた。

凜の身体は軽かった。小学生だった当時と比べることはできないが、あの時感じたクラスメイトの重みと、それほど差はないように感じられる。風呂上がりの身体はかなり汗ばんではいるが、不思議と嫌悪感はない。濡れた髪から香るほのかなシャンプーの匂いが、鼻腔《びこう》に心地よいくらいだ。

背中の凜から鍵《かぎ》を受け取り、二〇三号室に入る。手早く布団を敷き、くったりとした身体を慎重に横たえると、水道でタオルを濡らし、形のよい額に載せた。

「りいぢさん……ずびばぜん」

うっすらと、凜が目を開ける。

「頭は？　もう痛くない？」

「あい」

「鼻血は止まった？」

「だぶん」

凜の鼻に詰まっていた脱脂綿を取る。先端がほんの少し赤くなっていたが、出血は止まっているようだった。

「本当にすみませんでした。湯あたりなんて、今までしたことないのに」

ゆっくり身体を起こす凜の背中に手を添え、理一はスポーツドリンクを渡した。

「体調が悪かったの？」

「いいえ、そんなことは」

「まさかとは思うが凜くん、またお腹が空いていたのかな」

さっきから気になっていたことを口にすると、凜は「いいえ」と激しく首を振った。

「あれからは、ちゃんと三食とるようにしていました。あんなふうにご迷惑おかけしてしまったので。でも結局またご迷惑を」

「僕は別に、きみから迷惑など被《こうむ》っていない」

「でも」

「とにかく大事に至らなくてよかった」

凜が気に病むといけないので、努めて明るく笑ってみせた。

「理一さん……」

至近距離で視線が絡む。

上気した肌。濡れたまま張りついた前髪。少し開いたままの唇。

眼鏡を外した凜の黒く大きな瞳に、吸い込まれそうな気がした。さっき銭湯で直《じか》に触れた素肌の感触が妙に生々しく蘇《よみがえ》ってきて、理一は一瞬、呼吸を忘れる。

「な、何か食べたいものはない？」

いつも以上に早口で尋ねた。このまま凜の顔を見ていたら、心臓がおかしなことになりそうだった。凜はまた首を横に振ったが、理一はとりあえず立ち上がった。立ち上がって、凜の好きそうなものは何だろうと考えた。一秒で浮かんだ。

「凜くん、プルンチョ食べたくないかい」

「プルンチョ？」

凜が俯けていた顔を上げた。

「食欲がない？」

「いえ、そんなことは」

「ならば少し待っていてくれ」

言うなり理一は自室に駆け戻り、奇跡的にデブ猫の襲撃を受けなかった台所の戸棚から、先日買ったばかりのプルンチョイチゴ味の箱を取り出すと、来た時と同じ勢いで凜の部屋に戻った。冷蔵庫から冷えた牛乳とイチゴを持ち出すことも忘れなかった。

「凜くん、キッチンを借りるよ」

「理一さん、あの」

「いいからきみは横になっていなさい。ボウルはあるかな」

「そこの、シンクの水切りかごの中に」

プルンチョ大好き人間を自負しているだけあって、水切りかごの中にはボウルと泡立て器と計量カップ、そしてガラス製の小鉢とスプーンまでが揃っていた。

理一は早速レトルトパウチの封を切り、内容物が残らないようしっかりと指で扱いてボウルに空けた。続いて計量カップで二百ミリリットル、きっちり牛乳を測る。表面張力のラインというのはいつ見ても美しいと、小さな感動を覚えながら、零さないようにプルンチョ液の上に注いだ。

泡立て器でくるくるかき混ぜると、なるほどボウルの中身はほどなく適度なとろみのあるゾル状に変化していった。小鉢になみなみと注ぎ入れ、中央にイチゴを飾りに載せた。

完璧だ。手順も見た目も。理一は心の中で大いに自画自賛した。

生まれて初めて作ったプルンチョを、凜は美味しいと言ってくれるだろうか。

「できたよ」

プルンチョとスプーンを手渡すと、凜は戸惑った様子で小鉢と理一を交互に見た。

「合コンの翌日に、そこのスーパーで買ってみた。きみがあんまり美味しいと言うので」

あの時はつい話を合わせてしまったが、実はプルンチョを買ったことも食べたこともないのだと、理一は正直に告白した。

「話の流れで、つい嘘をついてしまった。悪かったと思っている」

「そんなこと全然」

凜は「いただきます」と手を合わせ、プルンチョをひと匙口に運んだ。

「すごく美味しいです」

「本当に混ぜるだけだった。誰が作っても同じにできる」

「でも、今日のは特別美味しいです。イチゴが載っているプルンチョ、夢だったんです」

「いつもは載せないのか」

「イチゴ高いし。それにいつもは、この量の半分くらいしか盛らないんです。三日に分けて食べるから。あ、でも今日はせっかくだから、これ全部いただきます」

凜は本当に嬉《うれ》しそうに「美味しい」を繰り返した。果物《くだもの》が買えない暮らしというのが、理一には想像できなかった。凜の経済状況は、想像以上に劣悪なのかもしれない。

だからやむを得ずあんな仕事を。そう考えると、ぎゅうっと胸が痛んだ。

「理一さんがプルンチョ作っているところ、ここから見ていてすごく格好いいなって思いました」

「格好いい？」

「はい。あんなふうに、化学の実験みたいに真剣な顔でプルンチョ作る人、初めて見ました」

褒められていると素直に解釈していいのだろうか。理一はひとまず「ありがとう」と笑って見せた。すると凜が、プルンチョの載ったスプーンを差し出した。

「理一さんも食べてみませんか」

「え？」

「プルンチョ。食べたことないんですよね」

理一は迷った。大人になってからは、公言する必要に迫られることもなくなったが、理一はプリンやゼリー、ヨーグルトといったゲル状及びゾル状の食物が概して苦手なのだ。

コロイド分散体と呼ばれる物質の中でも、たとえばクリーム、マヨネーズ、蜂蜜《はちみつ》などの類いは理一の脳内で『固体なのか液体なのかはっきりしない、中途半端で気持ちの悪いもの』というタグを付けられ、同じ引き出しに整理されている。自らの手で作ったのだから、プルンチョがゾル状の乳製品であることは疑いの余地のないことであり、よっておそらく口にした途端――などと考えていると、いきなりスプーンが唇の隙間に差し込まれた。

「んぐっ……」

「どうですか？」

わりと乱暴なその行為とは裏腹に、凜の表情には邪気の欠片《かけら》もない。そして口いっぱいに広がったのは、甘くて爽やかでどこか懐かしいイチゴの味だった。

「……うん」

この世からスイーツが一切無くなったところでまったく困らないが、この味は嫌いではない。イチゴ味のヨーグルトと何が違うのかと問われても正確に答える自信はないが、理一の舌はプルンチョイチゴ味を「美味しい」と判断した。

理一は脳内の『気持ち悪いもの』の引き出しに付けられたタグに、（ただしプルンチョイチゴ味を除く）とただちに追記した。

「美味しい」

理一の感想に、凜は満面の笑みで「でしょ」と頷いた。

「よかった。これでおれたち、本物のイチゴ同盟ですね」

イチゴ同盟の条約内容や活動内容は未《いま》だ不明だが、とりあえず「そうだね」と答えた。

スプーンが差し込まれた時、実はほんの少しだけ凜の味がした。凜を食べたことがあるわけではないから凜の味というのは変かもしれないが、理一にはそう感じられた。

もしかすると同盟は、こういうことをするものなのか。

同じスプーンをふたりで使用し、互いの口に運んだり。

——何を考えているんだ、僕は。

いつもとは違う回路にはまり込む思考に、理一は困惑した。

「そういえばさっき」

話題を転換しなければならないと感じた。

「あの太った猫がうちに侵入してきてね。部屋がめちゃくちゃになった」

理一は昼間の悲劇を凜に語って聞かせた。

凜は丸い目を更に丸くして、話に聞き入っていた。

「ほんの十五センチの隙間から入ってきた。まったく油断も隙もあったものじゃない」

「理一さん、よっぽど猫が嫌いなんですね」

「猫だけじゃない。以前も話したが、体温のある生き物すべてが苦手だ」

「おれはどちらかというと、体温のない方が苦手です。実はここ、時々出るんです」

「出る?」

「黒くてすばしっこいやつ」

ああ、と理一は頷いた。

「そういえばうちにも出たな。初日に」

「げっ」

「ゴキブリをなめちゃいけない。彼らが出現したのは約三億年前の、つまり古生代石炭紀だ。そんなに大昔からこの地球上に存在している。核戦争が起こった場合に唯一生き残ることができる生物だと言われているんだ。それほど生命力が強い。そしてその生命力ときたらスリッパで叩いたくらいでは」

そこまで話して理一はハッとした。凜は別にゴキブリをなめた発言をしてはいない。

「すまない。食事中だった」

凜は両手で口を押さえながら、大丈夫ですというように首を振った。若干涙目だ。

「おれたち、一緒に住んだらいいのかもしれません」

涙目のまま、凜はなぜかうっとりとした声で言った。

「一緒に？　きみと僕がか」

「だって、ゴキブリが出たら理一さんが退治してくれるし、猫が侵入してきたらおれが対応できるし。それに毎日一緒にプルンチョ食べたら絶対に楽しい……ああっ、何言ってんだろ、おれ。今言ったこと全部冗談ですから。ナシにしてください。忘れてください」

なにやらひとり赤くなり、凜は「ごめんなさい」と、暗い表情になった。

何故《なにゆえ》、ナシにしなければならないのだろう。理一としても、なかなかいい考えかもしれないと思ったのに。家族以外の誰かと暮らしたことはないし、誰かと一緒に住みたいなどと思ったこともなかったが、凜となら毎日楽しくやっていけそうな気がする。

理一は、あらためて凜の部屋をぐるりと見回した。

繕《つくろ》われた古い綿入れ。季節外れの干し柿。チラシで折った卓上ゴミ箱。

慌てて入ったので気づかなかったが、凜の部屋はまるで山里を彷彿とさせるような不思議な空間だった。「貧乏神」という譲二の言葉が、やけにリアルに思い浮かぶ。

ふと、壁に奇妙な動物の写真が貼られているのを見つけ、理一はぎょっと身構える。

「……ムササビ？」

「ああ、それはマレーヒヨケザルです」

「ヒヨケ……ザル」

「インドシナ半島やマレー半島に生息する珍獣です。ムササビはネズミ目ですけど、こいつはヒヨケザル目なんです。ちなみにサルでもないです」

「どうしてこんな写真を？」

至極当然の疑問をぶつけると、凜は「あー」と困ったような顔になり、少しの間考え込んでしまった。そしておもむろに口を開く。

「あんまり人に話していないんですけど、実はおれ、物書きをしているんです」

「物書き？」

「凜々たまごってペンネームなんですけど、ご存じですか」

理一は驚いた。理一自身は読んだことがないが、研究室の女性たちが最近「とっても面白い」と、頻繁にその名を話題にしている。

「じゃあ、凜々たまごという作家は、凜くんなのか」

「はい」

「凜くんは、ここで毎日小説を？」

凜はこくりと頷いた。

「書いています。このマレーヒヨケザルの写真は、今書いている新作の資料なんです」

なんということだ。俄《にわか》には信じられず、理一はただただ無言で凜の顔を見つめるしかなかった。凜はほんのり頬を染め、ひと匙、またひと匙とプルンチョを食べ続けている。

食べながら話してくれた。仕事がら、年中肩こりと腰痛に悩まされていること。担当編集者たちがたまたま腕に覚えのある男性ばかりで、苦しむ凜を気遣い、来るたびにマッサージを施してくれること。

「そうか、そういうことか。なるほどそうだったのか」

理一はひたすら納得しながら、譲二をどうやって痛めつけようか、脳内であれこれシミュレーションする。

あの夜の妖《あや》しげな声は、指圧の気持ちよさに思わず漏れたものだったのだ。

――よかった。凜が男娼でなくて本当によかった。

心の霧が晴れていく。

「譲二のやつめ。僕は最初からおかしいと」

譲二の尻を蹴飛ばすところを想像しながら、つい余計なことを口走ってしまった。

慌てて口を噤《つぐ》んだ理一に、凜がきょとんと首を傾げる。

「本山さんが、どうかしたんですか」

「あ、いや」

「もしかして本山さん、おれの仕事、知ってたんですか？」

「いや、そうじゃない。そうじゃないんだが」

全身に嫌な汗をかきながら、咄嗟に上手い言い訳を考えつかない己の愚鈍さを呪った。常日頃、誰かに言い訳しなくてはならないような状況に陥ることがほとんどないため、一旦陥ってしまった理一は、完全に無力だ。

「いや、その、譲二は単に状況証拠を寄せ集めてバカな勘違いをしていただけだと思うし、何よりあいつの言うことをそのまま鵜呑《うの》みにした僕が、一番悪いんだけれど」

長くまどろっこしい前置きをして、理一は結局本当のことを話した。凜は呆れたように口を開いていたが、やがてがっくりとうな垂れて、静かなため息を落とした。

「理一さんも本山さんも、おれのこと、そんなふうに思っていたんですね」

「いろいろと誤解が重なって」

「でも、おれを男娼だって話を、理一さんは信じたわけですよね」

「…………」

「ひどい」

上目遣いに一瞬、理一を睨み、凜はまた俯き唇を嚙んだ。

どうしよう。どうしたらいいのだろう。凜を傷つけてしまった。

理一は生まれて初めて泣きたくなるほど焦った。そして壮絶に後悔した。人と深く関わった経験がない理一にとって、突如訪れた沈黙は日本海溝より深く、エベレストより高く、南極のブリザードより過酷だった。

こんな時、普通はどうするものなのか。いや普通なんて当てにならない。

科学とはそういうものだ。いやしかしこれは科学の問題ではなく――。

「ごめん」

悩んだ挙げ句口を突いたのは、至極シンプルな台詞だった。

三歳児でも知っている謝罪の言葉。

凜は顔を上げてくれない。理一は生まれて初めて「めっちゃ落ち込む」という状態を体験した。凜と出会ってからというもの、何もかもが初めてづくしだ。

「本当にすまない」

「…………」

傷ついた凜を見たくない。凜にはいつも笑っていてほしい。

自分で傷つけたくせに、なんて身勝手なのだろう。心に自己嫌悪の嵐が渦巻く。

「どうしたら許してもらえるだろう」

我ながらマヌケなことを言ったという自覚はある。しかし言わずにはいられなかった。

「なんでも……してくれますか」

俯いたまま凜が呟いた。

「ああ」

「なんでも、ですよ。いいんですか」

「なんでもする。凜くんが望むなら」

頷く理一の気持ちには、嘘も迷いもなかった。

凜が笑ってくれるなら、なんだってする。

「じゃあキス」

「……え?」

「キス、してください。そしたら許します」

一瞬、理一は拍子抜けした。

何をしたって許さないと、突っぱねられて当然だと思っていた。でなければ、さよなら代わりに無理難題を要求されるか。

――キスなんて。

猫を追い出すよりずっと簡単だ。なぜなら相手は、他の誰でもない凜なのだ。

最初に出会った日、桜色に染まっていく頰に、無性に触れたいと思った。

今、目の前にその桜色がある。理一は手を伸ばし、手のひらでそっと触れた。まだ少しのぼせているのか、頰はほんのり温かく、つきたての餅《もち》のようなしっとりとした感触だ。

目を閉じたまま、凜がひくんと肩を竦ませた。

「嫌？」

尋ねると凜は、ふるふると首を横に振り、早くと急《せ》かすように俯けていた顔を上げた。

――凜くん……。

凜から求められたことを失念しそうになるほど、理一自身その唇を欲していた。

覆い被さるように唇を重ねると、凜の鼻から「んっ……」と甘い吐息が漏れた。

柔らかな唇は、微かにプルンチョの味がする。不思議なことにさっきスプーンで食べたプルンチョより、ずっとずっと甘い。

――甘い唇。凜の……唇。

夢中で吸い上げる。舐《な》めて、舌で弄び、甘噛みして。

「んっ……」

凜が身体を反らせた。唇が離れてしまいそうで、理一は凜の背中に手を回した。

肩胛骨に触れた。さっき銭湯でコリコリと動いていたあの肩胛骨だ。

そう思った瞬間、裸の後ろ姿が脳裏に蘇った。細い首筋、細い腰。きめ細かな白い肌。不意に、他の部分にも触れてみたい衝動に駆られた。理一は凛の背中に当てた手をまさぐるように動かし、背骨に添ってゆっくりゆっくりと下ろしていく。

「やっ……」

凛が身を捩る。キスの合間に漏れる声が、泣きそうに震えている。

「理一……さん、ダメです」

手のひらが凛の腰骨まで下りた時、凛は「ダメ！」と唇を離し、理一の胸を力一杯突き飛ばした。勢いで、理一は後ろの壁に背中を打ちつけた。

「す、すみませんっ」

大丈夫だよと答える前に、凛は頭まで布団に潜り込んでしまった。

「凛くん？」

「すみませんでした。本当に、ごめんなさい」

布団の中からくぐもった声が聞こえる。

「どうして謝るんだ」

「とにかくごめんなさい。今の、全部忘れてください」

「忘れてって」

「帰ってください。お願い……だから」

何がなんだか、さっぱりわからない。どうしてここで「ごめんなさい」なのか。「忘れてください」なのか。「帰ってください」なのか。

「凜く……」

伸ばしかけた手を、迷いに迷って引っ込めた。

こんな時、どうすればいいのだろう。

二十六年間に読んだ、どんな本にもその答は書かれていなかった。

理一はただただ途方に暮れ、こんもりと小山のように盛り上がった布団を、しばらくじっと見つめていた。

＊＊＊

駅前の銀行のＡＴＭでお金を下ろす。通帳を確認すると予定どおりの金額が振り込まれていた。わりと大金なので、凜《りん》は周囲の人に気づかれないように急いで封筒に入れた。通帳に残した金は、次の印税が入るまでの家賃や生活費になる。人に言えば驚かれるような少額だが、贅沢《ぜいたく》さえしなければ男ひとりなんとか暮らしていける。

そのまま駅に向かい、ほどなくホームに滑り込んできた電車に乗った。平日の昼前、車内はがらがらで、人混みに慣れていない凜はようやくホッとして、出入り口近くの座席に腰を下ろした。

窓を流れていく見慣れた街の風景を眺めながら、凜は昨夜のことを思い出していた。銭湯で理一《りいち》に会うなんて、思いもしなかった。湯船から上がった瞬間、目の前に現れた後ろ姿は、肩から足首までしなやかな筋肉に覆われていて、すらりとしているのだけれど決して細すぎず、本当にもう、凜の理想を微に入り細《さい》をうがち具現化したような身体《からだ》だった。眼鏡《めがね》をかけていなかったことが悔やまれてならなかった。

想像どおり。というか妄想どおり。

そう思ったら、先日の激しい妄想がダム決壊のごとく蘇《よみがえ》ってきて……のぼせた。いけないと思った途端、火傷《やけど》の痕《あと》を見つけてしまい、理一の説明で決壊に拍車がかかった。何より抱《いだ》いたばかりの恋心が、のぼせをますます加速させた。

ただの湯あたりだったのに、理一はあんなに心配してくれた。プルンチョを作る姿に至っては、あまりの格好よさに、後ろからぽーっと見惚《みと》れているしかなかった。あんなに美しい所作でもってプルンチョを作る人を見たのは、初めてだ。

合コンの時、会話の流れで「イチゴ味」と答えてはいたけれど、理一がスイーツに興味がないことは、なんとなくわかっていた。プルンチョ自体、きっと食べたことがないのだろうことも。だから合コンの後に、理一がプルンチョを買っていたことは新鮮な驚きだった。単なる気まぐれだとしても、なんだか理一がほんの一歩だけ近づいてきてくれた気がした。むずむずするほど嬉《うれ》しかった。

表情が乏しく、感情の起伏がわかりにくいが、理一は優しい。凜が差し出したスプーンを戸惑いながら口にしてくれたのは、多分気遣いからだ。

間接キスだけで我慢しておけばよかったのに。

あんなことをしてしまった。

『キス、してください。そしたら許します』

——バカバカ、おれのバカ。

頭の中のDELキーをダダダダダッと連打しても、書きかけの小説じゃないのだから今さら消えてはくれない。

「呆《あき》れただろうな。理一さん」

小さく呟《つぶや》いたらまた一段、気持ちが沈んだ。

可愛《かわい》い女の子、たとえばエミのような相手なら、理一とて悪い気はしなかっただろう。けど男が男に、いきなりキスしてくれなんて。あの時の理一の驚いた顔を思い出し、台詞《せりふ》が消えないのなら、いっそ自分自身が消えてなくなりたいと思う。

男娼《だんしょう》と誤解されていたことは、実はそれほどショックではなかった。一瞬びっくりしたけれど、思い返せば確かに、誤解されても仕方のない声を出していたかもしれない。

「あ、そこ、気持ちいい……とか言ってたもんな、おれ」

反省の余地は大いにある。特に合コンの夜に来てくれた遊倫社《ゆうりんしゃ》の佐藤《さとう》さんは、元柔道部だったというだけあって特に指圧が上手く、あまりの気持ちよさに毎度妙な声が出てしまう。

結局凜は、理一の優しさにつけ込んだのだ。エミの存在を知りながら。

何でもしてくれると言われて、舞い上がってしまった。挙げ句キスだけでそこが反応してしまったことに気づかれたくなくて、逃げるように布団に潜り込んで「帰れ」だなんて。

「もう……最低」

己のバカさ加減に目眩《めまい》がした。

何度となくため息をつくうち、車窓にはいつの間にかのどかな田園風景が広がっていた。

この五年間、幾度となく通った道のりだ。

物心つかないうちに両親を事故で亡くした凜は、十八歳まで隣県の児童養護施設『向日葵《ひまわり》の家』で育った。そういった施設には珍しく、向日葵の家は山里に近い田舎《いなか》にある。周囲にあるのは畑と田んぼ。学校に通う道すがら聞こえるのは、モズの鳴き声やカエルの合唱ばかりという環境だった。名前のとおり、夏になると庭にはひまわりが咲き誇る。

複雑な事情を抱えた子供たちばかりだったが、施設長夫妻の明るい性格のおかげで、みなそれなりに楽しく暮らしていたと思う。施設は古く、決して恵まれた暮らしとはいえなかったが、少なくとも凜には、辛くて堪《たま》らなかった記憶はない。

ちょっと貧乏な、けれど確かな「家庭」の雰囲気が、向日葵の家にはあった。

処女作の出版が決まり初めて上京した時、偶然「ひまわり」と名の付くアパートに出会った凜は、その場で入居を決めた。すでに壮絶におんぼろだったが、ちっとも構わなかった。ひまわり荘なのにひまわりがないことを寂しく思い、向日葵の家から持ってきた種を庭に蒔《ま》いた。今では夏になると、一階の住人が「暗い」と苦笑するくらい、たくさんのひまわりが咲き乱れる。

小説家として順調に歩み出した凜が、おんぼろアパートでイチゴひとつ買うのも躊躇《ためら》うような生活をしているのは、印税の多くを向日葵の家に寄付しているからだ。

「りんり〜ん、おっ帰り〜っ！」

全力で廊下を駆けてくる小さな身体を、凜は両腕に抱き留める。

四ヶ月前に来た時より、また少し背が伸びた気がする。

「胡桃《くるみ》ちゃん、ただいま」

「りんりん、お土産《みやげ》は？　ね、お土産は？」

「はい。いつものね」

紙袋から箱をひとつ取り出し、胡桃の小さな手に載せた。

「やったあ、胡桃のプルンチョはオレンジだよ。オレンジだあい好き」

「あとで園長先生に作ってもらうんだよ」

「胡桃、わかってるもん。プルンチョはね、牛乳と混ぜないと食べられないんだもん」

「いい子だ」

凛のプルンチョラブには、実は歴史がある。まだこの施設で暮らしていた頃、時折大人になった卒園者が、今の凛と同じように手土産を携えて園を訪れた。土産はその時々、駄菓子だったりジュースだったりしたが、子供たちが一番驚喜したのはプルンチョだった。

園の経営は楽ではない。おやつにまでなかなかお金をかけられないことを、卒園した者はみな知っている。年に二度か三度、ひとりに一箱もらえるプルンチョは、子供たちにとってクリスマスプレゼント並の喜びだった。

凛にとってプルンチョはソウルフード。だから大人になった今、どんなに重くてもこうして紙袋いっぱいのプルンチョを抱えて足を運ぶのだ。

「ひろく〜ん、まゆちゃ〜ん、りんりんが来たよぉ！」

胡桃はプルンチョの箱を手に、今来た廊下をまた全力疾走で戻っていった。

「胡桃、走ったら危ないよ」

小さな弾丸に声を掛けたのは、向日葵の家の施設長・小木曽《おぎそ》昭吉《しょうきち》だ。

「ご無沙汰《ぶさた》しています、園長」

ここの子供たちはみな昔から、施設長の昭吉を園長と呼んでいる。

「いらっしゃい、凜くん。先月の新刊、読んだよ。とても面白かった。わくわくしたよ」

「ありがとうございます。ちょっと照れます」

凜々たまごというペンネームはデビュー直前、高校三年生の時に思いついた。胡桃がそう呼ぶように、当時も凜は小さな子供たちから「りんりん」と呼ばれていた。

そんな子供たちに向かって、ある日昭吉が言った。

『りんりんはすごいんだよ。実はね、小説家の卵なんだ』

『え、りんりんって……ほんとは、たまごだったの？』

大笑いさせてくれた当時四歳の聡美《さとみ》は、今では立派な小学生だ。母親の再婚が決まって生活の目処《めど》が立ち、一昨年一度園を出て行ったが、ほどなくまた園に戻ってきたという。

みんなとずっとここで暮らすことが、必ずしも幸せではない。しかし園を出て行っても幸せが待っているとは限らない。親の顔を知らない子。知っていても思い出したくない子。いろいろな事情の子供たちが、それぞれの思いを小さな胸に抱えて生きている。決して口には出さない寂しさや悲しみを、少しでも和らげようと小木曽夫妻は日々心を砕いている。

「凜くん、晩ご飯食べていくでしょ」

キッチンから昭吉の妻、タツ子が顔を出した。

「今夜はカレーだぞ。懐かしいだろ。遠慮しないで食べていきなさい」

「はい。じゃあ、お言葉に甘えて」

親や生まれる環境を選ぶことはできないけれど、夫妻の気持ちだけはきっと子供たちに伝わっている。凜はそう思っている。

大人気のカレーライスを平らげた子供たちが部屋に戻った後、ダイニングルームには小木曽夫妻と凜、大人三人だけが残った。凜はさっきから少し気になっていたことを、切り出そうかどうか迷っていた。

「どうしたの、凜くん。元気がないんじゃない？　何か悩みでもあるの？」

「え……」

舌の上で転がしていた台詞を、先にタツ子から投げかけられ、凜は一瞬戸惑う。

「どうした。ん？　遠慮しないで話してごらん」

昭吉まで心配そうに覗《のぞ》き込んでくる。

つくづく自分は隠しごとのできない人間だと、苦笑するしかなかった。

「実はさっき、子供たちが話しているのを聞いちゃったんですけど」

黙っていようかとも思ったが、凜は思い切って切り出した。

向日葵の家に、建て替えの話が出ているというのだ。

子供たちと遊んでやっていた時、中学生たちが部屋の隅でひそひそと話していた。向日葵の家は確かに古い。建物の老朽化も顕著で、近いうちに大規模な修繕が必要なことは誰の目にも明かだ。

「本当なんですか」

凛の問いかけに、夫妻は困ったように顔を見合わせた。どうやら子供たちの話は、ただの噂話《うわさばなし》ではなかったようだ。

「耐震性にね、問題があるんだそうだ。大きな地震が来たら建物が耐えられないらしい。修繕というレベルではなく、建て直しが必要だと言われた」

昭吉が重苦しいため息をひとつついた。

「あの子たちの安全のためなんだから、仕方のないことなんだけどね」

お茶を入れるタツ子も、どこか沈んだ声だ。やはり資金の目処が立たないのだろう。

民家に毛が生えたような施設でも、建て替えるとなればそれなりに大きな資金が必要になる。無論児童養護施設なので国や県からも補助はあるが、それでも全額というわけにはいかない。

「このひと月、あちこち金策に回ってね。事情を知っている友人はみんな、快く協力してくれた。本当にありがたいと思っているんだが、なかなかまとまった金額にはならない」

「……そうだったんですか」

「すまないな。凛くんにこんな話をするつもりはなかったんだ。凛くんには本当に、どんなにお礼を言っても足りないくらい感謝しているんだよ。きみの厚意のおかげでこれまでなんとかやってこられた。それなのに」

頭を下げる昭吉に、凜は頭を振った。

「おれが勝手に、したくてしていることですから」

小木曽夫妻を親と思って育った。

だからここ向日葵の家は、凜にとってたったひとつのふるさとなのだ。

「具体的に、どれくらい足りないんですか」

夫妻はまた顔を見合わせる。

「福祉医療機構からの融資を見込んでも、あと五百万足りない」

「五百……」

五百万は、おいそれと調達できる金額ではない。しかもこれまで印税のほとんどを寄付してきている凜には、貯蓄らしい貯蓄がなかった。

「用意できなければ、現実問題、ここを続けていくことは難しい」

「この家がなくなっちゃうってことですか」

「私だってそうはしたくないんだが」

――そんなことって……。

ぎりぎりの経営なのを知っていたからこそ、ずっと寄付を続けてきたのに。

凜はぎゅっと唇を噛《か》みしめた。

開け放った二階の窓から、子供たちの笑い声が聞こえる。階段を駆け下りる足音がしてダイニングルームの扉が勢いよく開いた。

「りんり～ん、遊ぼうよ」

胡桃は今、一番凛に懐いている。凛が来る日は、朝からそわそわと玄関近くで待っているのだと、この前タツ子が笑いながら教えてくれた。

「りんり～ん、ねえ、かくれんぼしようよ」

「胡桃ちゃん、凛くんはそろそろ帰らないといけないのよ」

タツ子が窘《たしな》めると、胡桃はその小さな足で地団駄《じだんだ》を踏んだ。

「やだやだ。りんりんは泊まっていくんだもん。ね？　ね？」

甘ったれた顔で抱きついてくる胡桃を、凛は心から愛おしく思う。小木曽夫妻が凛にとって両親であるように、胡桃たちはみな凛の妹であり、弟なのだ。

胡桃は四年前、この家の玄関に置き去りにされていた。冬の夜、へその緒が付いたままかご製のベビーキャリーに入れられていた。もう少し見つけるのが遅かったら、命が危なかったという。

この家のみながそれを知っているが、誰も口にする者はいない。胡桃を哀れだとか可哀想《かわいそう》だとか言える子供は、誰もいないのだ。だからみな兄弟になる。家族になるのだ。一緒に暮らすことでせめて、寒い夜に体温を奪われないように。怖い夢を見ないように。いろいろな養護施設があるだろうが、向日葵の家はそういうところだ。

胡桃が眠るまで絵本を読んでやり、凜は向日葵の家を後にした。

ガタゴトと夜の電車に揺られながら、凜の心は乱れた。

あの子たちを、路頭に迷わせてはいけない。絶対に。

向日葵の家がなくなったら、あの子たちの帰る場所は世界中のどこにもない。

どうにかしてやりたいのだけれど、目の前の現実はあまりに厳しい。自分の無力さが腹立たしくて、悲しかった。こんな時だからこそ、自分がしっかりしなくちゃと思うのに。

いつしか、しとしとと雨が降り出した。電車を降りた凜は、小走りに家路を急ぐ。ようやく少し傾いたひまわり荘の看板が見えてきて、心の底からホッとする。

ずぶ濡れになる前に着いてよかったと安堵したとしたところで、階段を下りてくる足音に気づいた。凜は思わず足を止める。

「理一さんも、やっぱそう思いますか？」

「え、ああ……まあ」

「ほんとに？」

「ああ……まあ」

「よかったぁ。あたしもそう思ったんですよねえ」

「ああ……まあ」

楽しげな会話と足音から、なんとなく予想はついたが、下りてきたのはやはり理一とエミだった。部屋を訪ねてきたエミを、理一が駅まで送っていくところなのだろう。

咄嗟《とっさ》に、隠れられる場所はないかと探したが、知り尽くしたアパートの軒下に、身を潜められそうな場所はなかった。

「あ、凜くんだ！」

焦っておろおろする凜に、先に気づいたのはエミだった。

「エミさん、こんばんは。あ、理一さんのところにいらっしゃってたんですね」

たった今気づいたように、明るく笑ってみせた。

「凜くん、どこかへおでかけしてたの？」

「はい。珍しく用事があって、昼間から出かけていました」

「なんだそうだったんだ。あ、凜くん濡《ぬ》れちゃったね。傘持っていかなかったんだ」

エミは「ハンカチ、ハンカチ」とバッグの中をごそごそしている。

「これくらい平気ですから」

「でも、前髪から雨がポタポタって」

エミがハンカチを探し当てないうちに、横からすっと紳士物のハンカチが差し出された。理一だった。

「これくらい、大丈夫です」

「酸性雨には、塩化水素などの化合物が混ざっている。それらの物質が頭皮を酸化させることによって、近い将来、薄毛、抜け毛、ひいては若ハゲ――」

「お借りします」

解説が終わらないうちに、凜はハンカチを受け取った。

理一さんってホント面白ーいと、エミが笑った。くるくるの毛先が、雨にも負けず湿気にも負けず、ふわんと揺れる。

「実は今ね、理一さんと、凜くんの話をしてたの」

「おれの？」

「凜くんって、彼女とか、いる？」

不意打ちの質問に、前髪を拭《ぬぐ》う手が止まった。

「さっき理一さんに聞いたんだけど、知らないって言うんだもん」

「エミさん」

なぜか理一は不機嫌そうに眉根《まゆね》を寄せ、エミの言葉を遮《さえぎ》った。

理一の部屋でふたりがテーブルを挟み、楽しげに話している姿が目に浮かんだ。

――『凜くんって、彼女いるんですか？』『さあ、よく知らないけど、いないんじゃないのかな』『女の子の気配とか、ないですか』『ないない。まったくない』『ですよね～』……。

多分、そんな会話だ。

「彼女なんて、いません」

凛に彼女がいようがいまいが、ふたりの交際にはなんの関係もないだろう。

「いるわけないじゃないですか。いるように見えますか？」

ふつふつと湧《わ》き上がってくる自嘲《じちょう》を、押し殺すのは難しい。どこか不自然な声だったのだろう、理一とエミが顔を見合わせた。

「こんな時間から、デートですか？」

凛は理一に視線を向ける。

「あ、いや……彼女を、駅まで送っていくところだ」

思っていたとおりの答えが返ってくる。ふと、傘を持っているのが理一だけだと気づく。駅までの道のりを、相合い傘で歩くつもりなのだろう。凛にとっては冷たいだけの雨も、恋人たちにとっては距離を近づける恵みの雨なのだ。

「そうですか。じゃあ気をつけて」

失礼しますと、精一杯の笑顔で会釈《えしゃく》をし、凛は階段を駆け上がった。

「おい、凛くん」

「凛くん！」

呼び止めようとするふたりの声が重なる。凛は急いで部屋に駆け込み、バタンと勢いよくドアを閉めた。

たいしたことないと思っていたのに、すっかり濡れたシャツは、皮膚呼吸を止《と》めそうなほどべったりと背中に張りついていた。心の一番奥まで、雨に濡れてしまった気がした。

「寒……」

ハンカチを握り締めた指先が冷たい。

寒くて冷たくて気持ちが悪くて、どうしようもなく寂しかった。

わかっていたじゃないか。最初からこうなるって。

最初にエミが理一を訪ねてきた夜には、きっともう決まっていたのだ。ふたりはお似合いの恋人同士。凜の知らない場所で、すでに何度もデートを重ねているのかもしれない。

とっくにわかっていたはずなのに、これでもかとダメを押されてしまった。胸が痛くてたまらない。

声は震えていなかっただろうか。卑屈に歪《ゆが》んだ心を、見透かされなかっただろうか。

濡れたハンカチを頬《ほお》に押し当てた。理一の優しさを感じて胸が鳴る。けれどすぐに凜は気づいてしまった。理一は自分を気遣ったんじゃない。エミのハンカチを汚したくなくて、だから自分のものを差し出したのだ。

優しさは、自分ではなく、恋人のエミに向けられたもの。

「失恋って、こんなに苦しいんだね」

真っ暗な部屋に向かって呟いた途端、涙がひと粒、頬を伝った。

その日から一週間、凛の執筆ペースは目に見えて落ちていた。

作家になって五年、これまでだって落ち込むことはあったたし、筆がのらないと感じることもしょっちゅうある。しかし今回ばかりは、これまで経験したことのないほど集中を欠いてしまい、とうとう原稿が締め切りに間に合わないという、最悪の事態に陥った。

キン、コッ、ン、の「ン」と同時に玄関ドアが開いた。鍵《かぎ》は朝から開けてある。

「おじゃまします」

「ご足労いただきまして……本当にすみません」

昨夜、原稿が上がっていないと告げた電話の向こうで、美鈴《みすず》は一瞬黙り込み「わかりました」とだけ答えた。美鈴の無言はいろいろな意味を含んでいる。胸に押し留《とど》めた怒りだったり、どうアドバイスしたものかという模索だったり、時には上手に隠した喜びだったりだった。

普段からあまり余計なことを言わない美鈴の昨夜の沈黙は、凛を縮み上がらせるのに十分だった。しかしいつものように慌ててパソコンに向かう気力は、今の凛にはない。

「これ、食べて」

美鈴が差し出したのは、駅前の弁当屋で買ったと思《おぼ》しき弁当と、出版社近くにある有名洋菓子店の紙袋、そしてぱんぱんに膨らんだコンビニの袋だった。

紙袋の中身はおそらくプリンだ。凛が出版社に出向く時、美鈴は必ず店の一番人気、半生とろとろプリンを用意しておいてくれる。箱の大きさから、十個は入っているだろう。コンビニの袋からは菓子パンやサンドイッチ、牛乳や野菜ジュースなどが顔を覗かせていた。

「ありがとうございます。後でいただきます」

慎《つつ》ましすぎる食生活を送っている凛にとって、食べ物の差し入れは何より嬉しい。こんなにたくさん一度に持ってきてもらったのは初めてのことで、本当なら狂喜乱舞するところなのだが、たくさんの好物を目の前にしても、今日の凛はテンションが上がらない。

「後でじゃなく、今すぐ食べて」

「すみません。食欲があんまり」

「いいから食べて。あなた今、自分がどんな顔しているかわかってる？」

「……え」

「明日死ぬ人だって、もっとマシな顔色しているわ。一体いつから食べていないの？」

電話の声だけでバレてしまうなんて、よほどひどい声だったに違いない。このところ自分の顔をまともに見ていないが、おそらく相当なことになっているのだろう。ヒゲはほとんど生えない体質なのに、顎《あご》が少しざらざらする。

「まずは何かお腹《なか》に入れなさい。過度な空腹はね、正常な判断力を奪うの」

美鈴は袋から弁当を取り出し、凛の目の前に置いた。

「話はそれからよ」

「すみませ……」

声が上手く出ないのは、腹に力が入らないせいもあるけれど、あまりの情けなさに顔を上げられないからだ。凜は割り箸を手に取り、渾身《こんしん》の力でようやく割った。

「……ただきます」

こんなに大切にしてもらっているのに。己の体《てい》たらくがほとほと嫌になる。申し訳ないと思っているのに、どうしても書けないのだ。

「美味《お》しいです、とっても」

「嘘《うそ》ばっかり。何を食べても味がしないって、顔に書いてあるわ」

美鈴には嘘をつけない。

ごまかそうとしても、いつだって簡単に見破られてしまう。

「一日二日の締め切り破りに、いちいち目くじらを立てるつもりはないけれど、凜くん、今まで一度も遅れたことがなかったでしょ。なんだかんだ言ってこの間だって、あとがきその場で書き上げて間に合わせてくれた。そういうあなたのプロ意識、私はとても好きだったの。あれこれ言い訳しないところもね」

初めて褒められたというのに、過去形なのが悲しい。

「すみません、本当に」

「何があったのか詮索《せんさく》する気はないけど、誰かに話しただけで、気持ちが楽になることもあると思うの」

「美鈴さん……」

話したところで、おそらくどうすることもできない。けれど凜は話そうと思った。誰かにすべて打ち明けて、弱くてだらしない自分を叱《しか》り飛ばしてほしかった。

相手は美鈴以外には考えられない。十八歳のデビュー当時から担当をしてくれている美鈴にだけは、自分の生《お》い立《た》ちや、おんぼろアパートで暮らしている理由も話してある。

「実は」

向日葵の家で聞かされた、切羽詰まった事情。

そして、初めての恋と、あっという間の失恋。

曲がりなりにも文章を綴《つづ》ることを生業《なりわい》としているのに、凜の説明は精彩を欠き、時間を行きつ戻りつしては、何度も美鈴に質問を挟まれる始末だった。特に恋バナの方はいろいろぼかして話しているため、辻褄《つじつま》の合わない箇所がたくさんあったが、美鈴はあえて突っ込まず、黙って最後まで聞いてくれた。

「つまり、ダブルパンチだったわけね。精神的ダメージの」

「……はい」

「向日葵の家のことに関しては、施設長夫妻もすでに策を尽くしたようだし、正直私たちにしてあげられることは限られていると思う。過去の似たようなケースでどういう対応がされたのか、戻ったら一応事例を調べてはみるけれど」

「ありがとうございます」

「打開できそうな案がみつかったら、連絡します」

「すみません。ご迷惑おかけします」

調べれば調べるほど厳しい事態だということは、凜にもわかっていた。ただ向日葵の家がなくなってしまうという現実を、そう簡単に受け入れることはできなかった。

「失恋に関しては――」

「それは、もういいんです。おれの気持ちの問題ですから」

「けど原稿が進まない原因のひとつにはなっているんでしょ」

「……そうなんですけど」

「そんなに、素敵な人なの？」

プライベートなことには口出しをしない美鈴が、珍しくそんなことを尋ねた。

凜は俯《うつむ》けていた顔を上げ「はい。それはもう」と頷《うなず》いた。

この一週間で、一番はっきりとした力強い声が出た。

「絵に描いたような理想の人というか、理想以上というか。こんな素敵な人がこの世にいるんだぁって、夢じゃないかと思ったくらいです。それに話をしていくうちに、外見だけじゃなく内面も素敵な人だってことがわかりました。頭がよくて、優しくて、男らしくて。理一さんがプルンチョ作るところ見たら、美鈴さんだって絶対に視線釘付《くぎづ》けになりますよ。こうやって、こんな感じでこうっ、化学の実験みたいに——あっ」

身振り手振りの熱演中、凜は固まった。しまったと思った時にはもう遅く、美鈴はその片眉をひくつかせ、滅多に見せない驚愕《きょうがく》の表情を浮かべていた。

「あの、えっと、おれ」

素敵な人、という美鈴の言葉が、発した本人も意図せぬ誘導尋問になってしまった。

「いい。わかったわ」

「いや、でも」

「いいのよ。そういうの私、気にしないから」

そういうのがどういうのを指すのか、あらためて尋ねるまでもなかった。

凜はただ、うな垂れる。己のバカさ加減に言葉もなかった。

「理一さんっていうのは、この間合コンに誘ってくれた、お隣の大学院生？」

「……はい」

「まだ好きなのね、彼のこと」

「彼女がいるんだから、諦めなくちゃいけないって、頭ではわかってはいるんですけど」

「そう簡単には、割り切れないわよね」

これもまた滅多に聞くことのない優しい声で、美鈴が言った。

凛はのろのろと顔を上げる。

「この間も言ったと思うんだけど、小説って、経験がなければ書けないってものじゃないと私は思う。でもね、やっぱり人間の想像力には限界がある。その限界を超えさせてくれるのは、やっぱり生身の体験しかないと思わない？」

「……はい」

理一を好きになって思い知った。胸が痛いって、こういうことだったのかと。

「生きていれば、辛《つら》いことも悲しいこともたくさんある。悩むこともね。それはとても大切なことよ。けど、それを仕事に持ち込まないのがプロだと、私は思うの」

「はい……」

凛は膝《ひざ》の上の拳《こぶし》をぐっと握った。

「マイナスの体験や、場合によっては絶望すらも、プラスの力に変えられる。作品という形でね。小説家って、よくも悪くもそういう仕事だと思うの。他の誰がなんと言おうと、私は凛々たまごの作品が大好き。日本中の誰より、凛々たまごの新作を楽しみにしているわ」

「美鈴さん……」

「だからこれ、食べて。お弁当が無理なら、おにぎりひとつでもいいから」

美鈴は、コンビニの袋の中からおにぎりをひとつ取り出し、ビニールの包装を剝《む》いて凛の目の前に置いた。

美鈴はいつも厳しい。しかしその厳しさは、愛情と期待の裏返しなのだと凜は知っている。

凜はおにぎりを手に取り、「いただきます」と頭を下げて囓《かじ》った。

「しっかりと食べて、しっかりと仕事を進めてね」

「わかりました」

「これからも向日葵の家を支えていくのなら、なおさら凜くんがしっかりしなくちゃ」

「はい」

まだやれることがある。やらなければならないことが。この日本のどこかに自分の新作を楽しみにしてくれている人がたくさんいる。その人たちのためにも、へこたれて泣きべそをかいているわけにはいかないのだ。

美鈴を見送った凜は、久しぶりに腹に力を入れてパソコンに向かった。


執筆のペースを取り戻した凜は、数日後ようやく脱稿に至った。決死の覚悟で妄想も封印した。探していた耳栓が見つかり、隣室の音をほぼシャットアウトできたことも大きかった。

書き上がった原稿を送信し、凜は達成感で満たされたが、同時に封印していた心配ごとが一気に心になだれ込んできた。

受話器を取り、短縮ボタンを押す。珍しく長いコールの後、いつもの声が聞こえた。

『はい、向日葵の家です』

「あ、おれです。凜です」

『……凜くん』

タツ子の声は沈んでいた。状況が状況なだけに仕方のないことだが、凜はふと胸騒ぎを覚える。長年の勘のようなものだ。

「あの、何かありましたか」

夕方のこの時間、電話は昭吉が取ることが多い。タツ子は夕食の支度で忙しいからだ。

『……うん、実はね』

大したことないんだけどと前置きをし、タツ子は昭吉が倒れて入院したと告げた。

過労だった。

＊＊＊

理一はかつて経験したことのないほど混乱していた。

「キスをしてくれと言われた」

途方に暮れて訪れた譲二《じょうじ》の部屋でそう告白すると、譲二の右手からはチューハイの缶がストンと、左手からは柿の種がぽろぽろと、時間差でそれぞれ畳に落ちた。

「キ、キスだとぉーっ！」

「譲二、布巾《ふきん》はどこだ」

「相手は誰だ。誰なんだ」

「おい、チューハイが零《こぼ》れたぞ。柿の種も」

「俺はチューハイの話をしてるんじゃない。チューの相手は誰だと聞いているんだ。誰なんだ！　吐け！」

刑事ドラマの熱血刑事だって、もう少し穏やかに尋問する。胸ぐらを掴《つか》まんばかりに身を乗り出し、譲二は声を荒らげた。

「申し訳ないが相手の名前は言えない」

「俺にも言えないような相手なのか」

「誰にも言うつもりはない」

「ならどうして相談に来たんだ」

「どうしたらいいかわからないからだ。お前の意見を聞きたい」

「相手もわかんねえのに意見もクソもあるか」

「一般論で結構だ」

カァァァ〜ッと譲二は反っくり返って天井を仰いだ。生き方も身体も実に柔軟な男だ。

凛にキスをせがまれた時、理一の胸は躍った。ドキドキとわくわくと、本当にいいのだろうかという戸惑いが一気に押し寄せて、気づいたら夢中で唇を重ねていた。

あの柔らかな唇は、プルンチョの甘さは、すべて夢だったのだろうか。なぜ凛は怒ってしまったのだろう。キスしてほしいというのは実は新手のジョークか何かで、自分がそれを解さなかっただけなのだろうか。

——わからない。

「俺の知っている子か」

「だから、それは言えない」

「ということは、知ってる子なんだな」

「だからそれは」

「さてはこの間の合コンのメンバーだな？」

実験ではしばしば目測を誤るくせに、こういう時の譲二の勘は動物的に冴《さ》え渡っている。

理一の無言から何をくみ取ったのか、譲二は「わかった、もう聞くまい」と頷いた。

ありがたいことだと理一は胸をなで下ろす。

「んで？　どうしたんだ」

「どう、とは？」

「キスだよ。したのか」

「した」

「し……」

せっかく拾い上げた缶を、譲二はまた畳に落とした。布巾が何枚あっても足りない。

「したのかっ、キ、キスを！」

「してくれと言われたからした。それなのに途中でいきなり突き飛ばされて、帰れと」

凛は震えていた。

もしかしたら怖かったのだろうか。乱暴にしたつもりはなかったのだけれど。

「キスの途中で、布団に潜り込んでしまった」

「ふーとーんーだーとぉぉーーっ」

なぜ布団に反応するのかわからないが、譲二の顔はすでに真っ赤だった。凛が真っ赤になると抱き締めたくなるほど愛らしいが、譲二が赤くなるとタコ坊主にしか見えない。

「ふ、布団で何をしていたんだ」

譲二は時々面白いことを言う。

「布団ですることなんて、ひとつしかないだろう」

寝る以外に何があるというのか。

しかし譲二はキィィーッと叫んで、とうとう背中から畳に倒れてしまった。

「まったくいつの間にそんな仲に。目眩がする」

「もう酔いが回ったのか」

「回った。酔いじゃなくお前の毒《どく》がな」

倒れた譲二が、天井を見つめたまま答えた。

「僕にはさっぱりわからないんだ」

「何が」

「どうしてこんなことになってしまったのか」

凜は今、何をしているのだろう。気配がないところをみると、どこかへ出かけているのかもしれない。そういえば昨日回覧板を回しにいった時も留守だった。

「何がわからないのかが、俺にはわからん」

「お前は昔から、理解力に少なからず問題がある」

「理一」

譲二はむっくり起き上がり、散らばった柿の種を拾った。

「そのキスは、嫌々だったのか」

「は？」

「キスをせがまれて、お前はそれに応《こた》えた。嫌々応えたのかと聞いているんだ」

「まさか」

理一は思わず噴《ふ》き出しそうになった。凜のあの愛らしい顔で『キス、してください』なんて言われて、嫌な気持ちになる人間がいたら、お目にかかってみたいものだ。

「せがまれてしたのは確かだが、キスはとてもよかった。終始僕の方が積極的だったくらいだ。正直ずっと、夜が明けるまでキスしていたかったくらいなのに、途中で『ダメ……』と拒絶されてしまって。だからこうしてわざわざ缶チューハイ持参で、お前の意見を聞きにきたんじゃないか。なあ譲二、いつもいつもとは言わないが、時には真面目《まじめ》に人の話を聞いてくれないか」

譲二はなぜか呆《ほう》けたように口をぽかあんと開いたまま、世にも情けない顔で首を三十度ほど横に傾けた。眉がマヌケな犬のようにハの字だ。理一は仕方なく、皿に残されたピーナッツを摘む。

「理一」

「なんだ」

「お前は頭がいい」

「何を今さら」

「ひと口に大学院生と言っても、お前のように一発で論文が通って、すでに助教の座をほぼ手中に収めているやつはほとんどいない。すぐに准教授、教授とステップアップしていくだろう。博士号なんて夢の夢、取得できたとしても高齢ポスドク予備軍になるのがオチっていう俺みたいなのとは、そもそも頭の出来が違う」

一体なんの話だと、今度は理一が首を傾《かし》げる番だった。

「しかし理一、お前はアホだ」

「アホ？」

「そう。アホ。俺はお前のように超人的な頭脳を持っているわけじゃないが、それでもお前が今直面している状況を、漢字一文字で表すことができるぞ。ひらがななら二文字だ。アルファベットなら四文字」

「だから僕はクイズ番組に興味はないと何度」

「クイズじゃない。この世の中のごく一般的な成人男性なら、いや中高生、場合によっては小学生や幼稚園児でも、お前とその相手が今どういう関係にあるのか、二秒以内に理解することができる。断言してもいい。それなのにお前には『さっぱりわからない』。ゆえにお前はアホだ」

乱暴な三段論法で幼稚園児以下と認定され、理一はさすがに言葉に詰まる。

「いいか理一。こういうことは頭で考えるんじゃない、感じるんだ。Don't think, feel.」

「Don't think, feel……」

「そうだ。お前は理屈っぽすぎる。頭じゃなく心で、まずは相手を受け入れろ」

「相手を、受け入れる……」

そうとも、と譲二は自信たっぷりに頷いた。

「相手がもし、お前の理解を超えるような言動をしたとしてもだ、即座に拒否してはいけない。なぜなら、その一見不可思議に思える行動の裏に、直接的な意味以外の深〜い深〜いメッセージが隠されている場合があるからだ」

隠された深いメッセージ。理一は脳内のメモ帳に素早く書き込む。

「まずは相手を受け入れ、そして理解する努力をするんだ」

「理解する、努力」

「さすれば女神は微笑《ほほえ》むであろう」

首からスカルをぶら下げた俄神《にわかかみ》さまに、理一は力強く頷いた。

「ありがとう譲二。感謝する」

なんのなんのとまたチューハイを呷《あお》り始めた神さまに、理一はそそくさと暇《いとま》を告げた。

凛の拒絶の意味を考える——のではなく感じて、理解するための努力をすべく、早速部屋に戻ろうと思った。

「理一」

玄関ドアを閉める直前、居間から譲二に呼ばれた。

「エミちゃんを傷つけたら、俺が許さないからな」

「……エミちゃん？」

なぜここでエミの名前が出てくるのだろう。ドアノブに手を掛けたまま理一はしばし考えた。そしてはたと思い当たる。

譲二は、エミが二度ほど理一を訪ねてきたことを知っているのだ。おそらく通路か階段でその姿を見かけたのだろう。傷つけるなと言うからには、彼女の来訪の目的も知っているのだろうか。エミからは『内緒にしてね』と言われているが、なにせあの調子だ。黙っていられなくなって、自分から譲二にしゃべったのかもしれない。

「わかっている」

理一は短く答え、譲二の部屋を後にした。


その夜遅くのことだ。部屋をノックする音に、理一は目を覚ました。

「夜分申し訳ありません。隣の……坊上《ぼうじょう》凜です」

その声に理一は跳ね起き、玄関の扉を開けた。

「凜くん、どうしたんだ」

こんな時間にと尋ねる前に、理一は凜が大きな紙袋を携えていることに気づいた。ちらりと視線を落とすと、凜は慌てて紙袋を後ろ手に回した。

「何かあったの？」

理一の問いかけに凜は答えず、自分の足先をじっと見つめている。

間もなく日付が変わろうという時刻だというのに、凜が着ているのは部屋着でも寝間着でも年季の入った綿入れでもなく、あの合コンの日に一度だけ見た爽やかなシャツだった。

やはり何かあったに違いない。理一の胸に不安が過《よぎ》る。

「凜くん、何が——」

「やっぱり帰ります。ごめんなさい」

顔を上げるや、凜はくるりと踵《きびす》を返した。理一は思わず後ろから細い腕を摑んだ。

「待ちなさい」

「すみません。本当にすみません」

「まだ何も聞いていないのに、謝られても困る」

少し厳しい口調で言うと、凜の腕から力が抜けた。

「とにかく入って。こんなところで話していたら、他の部屋の人に迷惑だから」

凜は俯いたままだったが、ほんの小さな声で「はい」と答えたような気がした。

「いったい何があったんだ」

居間の真ん中。向き合って立ったまま、理一は尋ねる。

「黙っていたらわからないよ」

凜は唇を嚙みしめたまま楚々《そそ》と正座をした。と思ったら、次の瞬間なぜかいきなりがばっとその場にひれ伏した。そして驚きに一歩後ずさった理一の前で、くずだらけの畳に額を擦《こす》りつけた。

「おっ、おおっ、おおおお願いがあります！」

「お願いって、いいから顔を上げなさい」

凛は畳に顔を伏せたまま、ぶんぶんと頭を振った。

「顔を上げてくれ。頼むから」

「ダメです。だって、か、顔を上げたら……言えなくなっちゃうから」

消え入りそうな声でやっと言うと、凛は背中を小刻みに震わせた。

――泣いている……？

理一は思わず跪《ひざまず》き、凛の肩を摑んだ。

「顔を上げて、凛くん」

「ダメです……うっ」

「困っていることがあるならなんでも言ってくれ。僕にできることはなんだ」

「やっぱり、帰ります」

凛はずずっと鼻をすすり上げた。ようやく半分上げた顔は、涙と鼻水で光っていた。

理一は胸が張り裂けそうになる。

「きみの力になりたい。とにかく話してくれないか、その、涙のわけを」

「でも」

「頼む。話してくれ」

凛はきちんと揃《そろ》えた膝頭の上に拳を載せ、「お金」と小さく言った。

「お金？」

「はい。お金を……貸してもらえないかと」

理一は一瞬意外に思い、すぐにそんな自分を恥じた。

凛の経済状況は重々承知していたはずなのに。「もしかしてお金のことかな」と察してこちらから尋ねてやれば、凛ももう少し楽に切り出せたかもしれない。

「どれくらい必要なの」

理一は濡れた凛の頬を指で拭った。金額にもよるが、できる限りのことはしてやりたい。

凛はおずおずと右手の拳を広げ、パーを作ってみせた。

――なんだ。

少々拍子抜けした理一は、思わずそんな失礼なことを考えてしまった。しかしそれくらいと思うのはいかにも上から目線だ。凛にとっては大金なのだろう。

「ちょっと待ってて。財布はジャケットのポケットに入れたままだったかな」

「さ、財布に入っているんですかっ」

凛が目を剝いた。

「五千円くらい、遠慮なく言ってくれればよかっ――」

言いかけて、理一はハッとした。

「すまない。もしかすると五万円の意味だったかな」

「…………」

「まさか……」

もうひと桁上《けた》だったらしい。

凛の瞳が絶望の色を帯び、ほろほろと大粒の涙が零れた。

「もちろん全額じゃなくてもいいんです。必ずお返しします。一生かかっても必ず。利子も付けます。だから」

お願いしますと、土下座をしたまま凛は繰り返す。

「わかった。わかったからとにかく顔を上げてくれないか」

「本当に申し訳ありません。知り合って間もない理一さんにこんなことお願いするなんて、どれほど非常識なことか、わかっています。でも」

「わかったから顔を」

「おれ、なんでもしますから」

凛がようやく顔を上げた。濡れそぼった頬に、理一の胸はぎゅうっと絞られるような痛みを覚えた。抱き締めたい衝動を抑えるのに苦労した。

「お金の件はわかった。僕がなんとかするから、凛くんは何もしなくていい」

「いいえ、そういうわけにはいきません。全額返済できるまでおれを好きにしてください。

おれ、理一さんの奴隷《どれい》になります」

「どっ」

衝撃に絶句する理一に、凜は持参してきた大きな紙袋をずずっと差し出した。

「いろいろ入っています。どういったものが理一さんの好みなのか全然見当がつかなかったので、とりあえずいろいろ見繕《みつくろ》って揃えてきました」

そう言って凜は紙袋の中からひとつ、またひとつと妖《あや》しげなパッケージの箱を取り出した。

「これが」

ちらりと理一の顔を見上げ、凜はひどく低い声で、しかしはっきりと言った。

「麻縄です。色はピンクにしてみました」

「…………」

目の前に置かれたそれは確かに麻製の縄で、色はどぎついピンクだった。凜の意図はまるで読めなかったが、レスキュー隊の救助用品でないことはなんとなくわかった。

「それからこれが低温蠟燭《ろうそく》です。でもってこっちが肛門鏡《こうもんきょう》と尿道拡張ブジー、あとアナルパールと浣腸器《かんちょうき》もとりあえず」

何がとりあえずなのかさっぱりわからないまま、理一は後から後からテーブルに並べられる意味不明のグッズを呆然《ぼうぜん》と見つめた。

「それと、迷ったんですが鞭《むち》も用意してみました。申し訳ありませんが、これは初心者用にしました。いきなり上級者向けは、さすがにちょっと自信ないので」

「凜くん、あの」

「あとは、正直自分的にこれだけは精神的にキツイんですけど、鼻フックも一応」

「凜くん、ちょっと待っ」

「これで全部です。理一さん」

凜の真《ま》っ直《す》ぐな眼差《まなざ》しに、理一は思わず「はい」と居住まいを正した。

「おれ、どんなことでもします。させてください。痛いのは正直苦手ですけど、でも限界まで耐えます」

「………………」

理一は懸命に冷静になろうと試みた。しかし考えれば考えるほど冷静でいられる状況ではないような気がしてくる。凜の方は腹を括《くく》ったような達観したような、その名のとおりの凜《り》凜《り》しい表情だ。涙はもうない。

どう見てもこれらは、特殊な性的嗜好《しこう》を持つ人々のためのグッズだ。蠟燭は非常用ということも考えられるが、だとしたら低温である必要はない。尿道を広げたり肛門の中を覗いたりするのも、通常医師の仕事であって小説家の仕事ではない。

「凜くんは、つまり、こういったことが」

好きなのかと口にするのは憚《はばか》られた。口籠《くちご》もる理一に、凜は不安げな顔で尋ねる。

「おれじゃ、ダメですか」

「きみじゃダメとか、そういった問題ではなく」

「やっぱりM字開脚枷《かせ》も用意した方がよかったでしょうか」

「いや、だから」

ふざけているのだろうか。理一は目の前に黒々とふたつ並んだ玉ようかんを食い入るように見つめたが、そこにはくっきりと〝真剣〟の二文字が浮かんでいる。まるで戦地に向かう兵士のような、悲壮なまでの決意の色だ。

理一は考える。借金の理由はなんなのか。借金の形がなぜこれらの品々なのか。もとい、これらの品々を携えた凛自身なのか。なぜ鼻フックが一番キツイのか。しかしそれらの解答に辿《たど》り着くことは、スペンサー教授の元で関わったどの研究より困難に思えた。

「きみは、僕と、したいの？　こういった行為を」

一番手前にあったアナルパールを手に取った。毒々しい色のパッケージには更に毒々しい色の文字で『大きめのパールが前立腺をぐりぐり刺激』と書かれている。男性用らしい。

「はい。したいです」

きっぱり言い切られ、理一は思わず手にした箱を落としそうになった。

「理一さんなら、縛られても打たれても……いいです」

「凛くん……」

理一の脳裏《のうり》に、さっきの譲二の言葉が浮かぶ。

『いいか理一。こういうことは頭で考えるんじゃない、感じるんだ。Don't think, feel.』

『お前は理屈っぽすぎる。頭じゃなく心で、まずは相手を受け入れろ』

――受け入れる……。

理屈が通じない場面というものは、確かにある。たとえば夜中の二時に突然「チャーシュー麺《めん》食いに行こう」とやってくる譲二とか。理一自身、なぜ体温のある生きものが苦手なのかを理論立てて説明しろと言われても、おそらく難しい。

「感じる……何も考えずに」

心の呟きは、我知らず声になっていたらしい。凜が「え？」と首を傾げた。

「いや、なんでもない」

理一は、凜々しくもどこか艶《つや》っぽいふた粒の玉ようかんを見つめる。すると不思議とこの状況を受け入れることが、それほど困難ではないように思えてきた。

なぜなら自分は出会った瞬間から、坊上凜という青年を非常に好ましく感じており、凜とキスをしたり触れあったりすることに嫌悪感《けんおかん》は一切なく、むしろそれを欲してすらいる。

凜の身体の、触れたことのない部分に触れてみたいか。キスよりもっと先の行為をしてみたいか。まだ知らない凜の表情を見てみたいか。凜の望みを叶えてやりたいか。

答えはどれも、迷わずイエスだ。

「とりあえず」

理一は低温蠟燭の先端に、指で触れた。

「これはやめておこう。行為の最中に倒れて火事になると困る。それにいくら低温とはいえ火傷をしたら大変だ」

「して、くれるんですね」

「そのつもりで来たんだろ？」

「……はい」

凜の瞳《ひとみ》が揺れた。ゆらゆらと、しかし痛いほど真っ直ぐ理一を見ている。

不意にあの夜のキスが脳裏を過った。柔らかくて甘い唇。

「これらは通常、一度に全部使うものなんだろうか」

「ぜっ、全部使うんですかっ？」

凜の表情に、あからさまな恐怖が浮かんだ。どうやらこの中からいくつか選べということらしい。

「どれを使えばいい」

「どれでも、理一さんの好みで」

好みと言われても、見るのも聞くのも初めてで、使い方などわかるはずもない。仕方なく一番手前にあった麻縄を手に取ろうとすると、背後にいる凜の頰がぴくんと引き攣った。凜は気づいていないようだが、液晶テレビの黒い画面にふたりの姿が映り込んでいるのだ。理一は手を引っ込めた。ならばと鞭を取り上げようとすると、凜は鼻の頭に皺《しわ》を寄せ、口元を歪ませた。しばし悩み、今度は鼻フックを手にする。凜は絶望の表情で天井を見上げながら胸元で十字を切った。

一体どれにすればいいのか。数分かけて理一が選んだのは、薄い正方形の箱にずらりと並んだ尿道拡張ブジーだった。七本セットになっているそれは、一本一本太さが違う。

「どの太さがいいかな」

箱を凜の前に差し出すと、凜は頬を赤らめ「一番、細いのでお願いします」と呟いた。

パッケージを開け、細々書かれた使用方法と使用上の注意に目を通していると、凜がごそごそと服を脱ぎだした。

「予算の都合で、衣装まで手が回らなくてすみません」

ぱっぱと手早くシャツを脱ぎ捨てた凜は、続いて迷いのない手つきでズボンのベルトに手を掛けた。何も考えまいとしているようにも見えるが、もしかすると早くしてくれという催促なのだろうか。それとも単に慣れているのか。その潔いまでの恥じらいのなさが、かえって理一を惑わせた。

「全部脱いじゃった方がいいですか」

ブリーフ一枚になったところで凜が尋ねた。

真っ白なブリーフ一枚だけを身につけ、真っ直ぐな棒のように立つ姿は、さながら身体検査の順番待ちをする小学生だ。銭湯の脱衣所を走り回る子供を、ちょっと縦に伸ばしただけ。そう思おうとするのに、なぜだろう理一の喉《のど》はゴクリと浅ましい音をたてた。

控えめに、ほんの少しだけ膨らんだブリーフの白から目が離せなくなる。ブリーフというのは、こんなに妖しげな肌着だっただろうか。

「すみません。せめて紐《ひも》パンとか買えればよかったんですけど」

「いや……」

「さすがに白いブリーフはないかなあと思ったんですけど、他に持ってなくて。でも一応新品ですから」

銭湯で湯船に沈んだ凜を引き上げた時、その部分も目にしていたはずなのに、なぜかあまり記憶に残っていない。すぐにタオルを掛けたし、なにより鼻血を垂らしてぐったりしている凜が心配で、それどころではなかった。

今、目の前の凜はぐったりもしていないし鼻血も垂らしていない。けれども、即刻押し倒してしまいたい衝動に、ほいほいと従うわけにはいかなかった。理一は手にした尿道拡張ブジーを、忌々《いまいま》しさを込めて睨《にら》みつける。凜が望むことなら仕方がないが、本当ならこんな妙な道具など使わず、直《じか》に、思うさま凜と触れ合いたい。その方が余程《よほど》……。

「あの、横になった方がいいですか」

「あ、ああ。そうかもしれないね」

理一の曖昧《あいまい》な返事に、凜は「失礼します」と眼鏡を外し、傍らのベッドに横たわった。

もう後戻りはできない。理一は手にしたステンレス製の器具を、ぎゅっと握り締めた。

今さらだが理一は、SMに関してほとんど知識を持ち合わせていない。こんな時どんな会話をするのが基本なのか、そもそもそちらの世界に基本の会話というものが存在するのか、それすらもわからない。かと言って、ここでパンツの脱がせ方について凜に尋ねるのも、何か違うような気がした。

理一は、蛍光灯の下でさえ目の眩《くら》むほど真っ白なブリーフに、そっと指を掛けた。

その瞬間、凜が身体をきゅんと竦《すく》めた。

「自分で脱ぐ?」

目をぎゅっと閉じ、凜は「どっちでもいいです」と言った。声が震えている。

緊張しているのだろうと思ったら、急に凜が可哀想になった。こういう場面では、適度にいやらしいことを言った方がいいのかもしれない。

「ならは自分で脱ぎなさい。パンツ」

ないに等しい知識を必死にかき集め、理一なりにSMプレイをイメージする。凜は泣き出しそうな顔で小さくこくりと頷いた。

仰向けのまま、凜はおずおずとぎこちない手つきでブリーフを下ろす。足を抜こうとしたが上手くいかないらしいので、片足だけ抜けたところで理一は止めた。

「このままでいい。ここにブリーフが引っかかっている方がいやらしい」

「理一さん……」

「手を退《ど》けて、足を開いて。閉じてちゃ見えない」

「はい……」

観念したように、凜はそこを覆っていた手を退けた。露《あら》わになったそこは理一の視線を惹きつけ、釘付けにした。毎日の銭湯通いで、他人の男性器を目にすることには慣れているはずだったのに。

理一はまだ柔らかく頼りない凜の中心を、左手にそっと握った。

「少しでも痛かったら言って」

凜は薄目を開けて小さく頷いた。どれでもいいと言っていたが、もしかすると尿道プレイは慣れていないのだろうか。器具を挿入する前に、少し指で入り口を解《ほぐ》した方がいいかもしれない。理一は、器具に塗るつもりだったジェルを自分の指の腹に塗りつけ、先端の割れ目に軽く押しつけた。

「挿入する前に少し入り口を解そう」

「っ……」

薄めの腹筋がひくんと動いた。同時に左手の中の凜が、ほんの少し硬度を増した。

凜が感じている。自分の指で。

そう思ったら、胸の奥の手の届かない場所がうずうずと疼《うず》きだした。

理一は器具全体にジェルを垂らし、凜の鈴口をくすぐるように弄《もてあそ》んだ。妖しく銀色に光る先端を、ほんの少しだけ穴の中に挿し込んでみる。

「あっ……」

目を閉じたまま、凜が拳を握った。

「痛い?」

「……いえ」

「じゃあ気持ちいい?」

「…………」

凜は答えない。無性に気持ちいいと言わせたくなる。

ゆっくりと、もう少しだけ奥まで挿れてみると、凜は握った拳を開き、両腕をキンと突っ張らせた。

「やっ……」

痛みからではないことは、手に伝わってくる感触でわかった。凜の中心は徐々に芯《しん》を持ち、首を擡《もた》げ始めていた。

「はっ……あ」

「動かすよ」

「……やっ」

「痛くないね？」

「……ない、けど」

少し引き出し、また挿入する。ゆっくりと繰り返すうち、凛の中心はすっかり形を成し、小ぶりながらも雄々しい姿に成長した。

もっと。もっともっと感じさせたい。凛を気持ちよくさせたい。

心にむくむくとふくれあがった感情が、暴走を始めるのに時間はかからなかった。

理一は鈴口にブジーの先端を挿入したまま、硬くなった幹を上下に擦り上げた。

「り、理一さっ、あっ」

「こうした方が、もっと気持ちいいだろ」

「やめっ……そんなこと、したら」

「したら？」

「あっ、ダメ……です」

凛の呼吸が浅くなる。小さな粒がふたつ並んだだけの白く薄い胸が、呼吸に合わせて小刻みに上下する。挿し込んだブジーの隙間《すきま》から、透明な体液がぷつぷつと溢《あふ》れ出てきた。

「りいっ、さ……もっ、や、だ」

「どうして嫌なの」

「いっ……き、そ、です」

「もう？　まだダメだ」

凛の下腹がひくひくと痙攣《けいれん》し、ブジーを挿されたピンクに光る先端からは、とろとろと体液が溢れ出す。

「べとべとだ」

「そゆ、こと言わな、でっ……あっ」

「こんなに硬くなってる」

零れた液を塗り込めるように、ゆるゆると幹を擦り上げた。また硬さが増す。

「ダメ、も、イッちゃい、そっ」

「もう少し我慢しなさい」

「ダメ、理一さん、やめ、てっ」

凛の手が、理一の手首を摑んだ。

「なぜ止めるんだ」

「ほんとに、出そうなんです」

瞳を潤ませてそんなことを言われたら、余計に止まらなくなってしまう。おそらくそんな理一の気持ちに、凛はまるで気づいていないのだろう。

「じゃあこのまま部屋に帰る？」

「…………」

「ここでやめたらかえって困るだろう」

「だって……」

半べその凜が可愛くて堪らない。尿道にブジーを挿入するというサディスティックな行為には、正直なところ特段興奮を覚えない。

相手が凜だということ。ただそれだけが大切なのだ。

他の誰にもこんなことしたくない。凜だから止まらないのだ。

凜を泣かせてみたい。

意地悪を言って泣かせて、泣いたら強く抱き締めて、優しくキスをしてそれから——。

「理一さっ、あ、あっ、イき、そ」

「我慢が足りないな」

「ごめっ、なさっ、でも……ああっ」

はっ、はっ、と呼吸を荒げながら、凜は苦悶《くもん》の表情を浮かべる。達すまいと堪《こら》える様子がたまらなく愛らしい。

理一は思わず凜に覆い被《かぶ》さり、その唇を塞《ふさ》いだ。

「理……んっ、ふ」

欲望のままに唇を吸い、口内を舌で弄ぶ。凛は驚きに目を瞬《しばたた》かせたが、やがてそっと瞳を閉じて理一の蹂躙《じゅうりん》を受け入れた。

「ん……ふっ……」

吐息が次第に湿度を増す。ブジーを半分挿したままの状態の茎を、理一は強く握った。

「理一さっ、ダ、メッ……ああ、あ」

「どうしたい？」

恥ずかしがる余裕もないのだろう。凛は腰をくねらせながら喘《あえ》いだ。

「イき、たいです」

「どうしてほしい？」

「擦って、もっと……ああ、あっ、ん」

呼吸が不規則になる。凛はいやいやをするように首を振り、半ば無意識なのだろう、理一のシャツの裾《すそ》を握った。

「どこを？」

「そ、こっ……」

「そこって？」

「理一さんが、触ってる、とこ」

「どこなの？　ちゃんと言わないとダメだ」

意地悪な問いつめ方に、とうとう凜は泣きそうな声で卑猥《ひわい》な言葉を口にした。

舌足らずなその口調に、理一は脳のどこかが蕩《とろ》けてしまったような快感を覚える。

「ここ?」

「あぁ……やっ、抜いて」

「抜く?」

「それ、棒、抜いて……も、出そっ、出ちゃうっ」

射精してしまいそうだから、ブジーを抜いてくれということらしい。

「やっ、理一さっ、う、あぁっ!」

理一がブジーを引き抜くと同時に、凜の割れ目から、どろりとした白濁が勢いよく噴き出した。

「あぁっ、ひ、いぁ……」

手足を硬直させ、凜はがくがくと身体を震わせる。

吐き出された体液は、あまりの勢いに凜自身の首や顔、理一のシャツにまで飛び散った。

目の前の凜を一体どう表現したらいいのか、理一はあまりに言葉を知らない。

中高生の頃、クラスメイトたちが盛んに口にしていた「エロい」というのが、おそらく一番的確な気がする。あの頃はそんな言葉、自分には一生無縁だと思っていたのに、今は凜の眦《まなじり》に浮かんだ涙の粒さえ、エロくてたまらないと感じる。

間欠的な射精が終わり、しばらくの間余韻に浸っていた凜だが、ほどなく理一のシャツの汚れに気づいたのだろう、慌てた様子で起き上がった。

「すみません。汚してしまいました」

「構わない」

「でもこんなに」

「いっぱい出たね」

凜は「すみません」と消え入りそうに俯いた。

そしてじっと、理一の身体の一点を見つめ、「それじゃ」とおもむろに口を開いた。

「次はおれが」

「次？」

「理一さんの、ここ」

凜は全裸のままベッドに正座し、理一のズボンのファスナーに手を掛けた。

「おればっかり先に気持ちよくなっちゃって、すみません」

「凜くん……」

「下手くそですけど、一生懸命しますから」

よしなさい、と喉まで出かかった言葉を理一は呑《の》み込む。気づかないうちに理一のそこは部屋着を押し上げ、外から見て取れるほどに膨れあがっていたのだ。

久しぶりに覚える下半身の疼きに、理一は戸惑う。理一にとって自慰は、排泄《はいせつ》と何ら変わらない行為だ。定期的に溜《た》まるから出す。それ以上の意味はない。無論こんなふうに他の誰かにそこを触れられた経験もない。

凜の手が触れる——想像しただけで、そこに血液が集まってくるような気がした。

凜はゆっくりと理一のベルトを外し、細い指先を微《かす》かに震わせながらファスナーを下ろした。お世辞にも手際がいいとは言えないが、ボクサーショーツの上から勃起《ぼっき》したものを撫《な》でるおずおずとした手つきに、背筋がぞくりとした。

「理一さん……」

うわごとのように呟きながら、凜は硬くなった理一に手のひらを強く押し当て、ショーツの上から上下に擦った。

「……っ」

思わず息を詰めると、凜がハッと顔を上げた。

「痛かったですか」

「……いや」

「もっと、してもいいですか」

理一は迷いながら、無言で頷いた。

「下着、下ろしてもいいですか」

「……ああ」

律儀に意思確認をしながら、凜は理一のショーツを下ろした。勢いよく目の前に飛び出したものに、凜は耳まで赤くなる。ゴクリと生唾《なまつば》を飲む音が聞こえた。

「それじゃ、失礼します」

凜はいきなり理一のものを先端から口に含んだ。想定外の行為に、理一は慌てた。

「り、凜くんっ」

「……ん、ふ」

「こんなことしなくて、いいから」

しかし凜は咥《くわ》え込んだ理一を離そうとしない。根元を両手で押さえ、裏側の敏感な筋をなぞるように舌を這《は》わせた。

「んっ……」

堪えきれず吐息が漏れる。

まるで大切な宝物を愛おしむように、自分の欲望に口淫を施す凜。その健気《けなげ》で懸命な様子に、理一の胸は切ない痛みを覚えた。

この上ない快感を与えられながら、一方ではどこか苦しい。施し、施されるこの相互行為は、単に快楽を得るためのものであって、心を通わせるものではないのだから。

――身体も心も繋《つな》げたいのに。

「凜くん、もういい」

「いいえ、このまま――あっ」

なおも口淫を続けようとする凜を、少々無理に引き離した。

凜は傷ついたような目で理一を見上げる。唾液《だえき》で濡れた唇がどうしようもなく卑猥だ。

「一緒にしよう」

理一の提案を呑み込めなかったようで、凜は「えっ」と瞬《まばた》きをした。

理一は凜の髪を撫でながらベッドの縁に腰かけ、半端に下げられていたズボンとボクサーショーツを床に脱ぎ捨てた。

「理一さん……?」

「こっち向いて」

理一はベッドに上がると、足を広げて座った。そして向かい合うように凜を座らせ、同じように足を大きく広げさせた。

形も大きさも違うふたつの欲望が、触れ合わんばかりの位置で天井を仰いでいる。理一に口淫をしながら、凜のものはだいぶ硬さを取り戻していた。

「一緒に気持ちよくなろう」

「一緒に……」

「そう。一緒に」

理一は傍らのジェルを手に取り、二本並んだ猛《たけ》りにまんべんなく塗りつけた。

「あっ……」

そんな軽い刺激だけで凜は眉根を寄せ、顎を反らす。汗で光る喉のラインが淫猥だ。

理一は、ふたりのものをまとめて手のひらに挟んだ。ぬるぬると擦り合わせるように動かすと、凜のものがみるみる力を取り戻すのがわかった。

さっきブジーを挿し込んだ先端を、今度は指の腹で擦ってみた。凜は喘ぐように呼吸を乱し、理一の肩に縋《すが》り付いてきた。

「理一、さっ……理一さんっ」

「気持ちいい？」

「はい、すごく……いいです」

おそらく器具の刺激で、敏感になっているのだろう。

「もっとしてもいい？」

「はい、もっとクリクリしてください」

「どこを？」

「……先っぽ」

「先っぽ、感じるの？」

「は……い」

コクコクと頷くたび、凛の柔らかい髪が頬を掠《かす》める。

理一は片腕で凛の身体を抱き寄せた。愛おしさがこみ上げる。

「あ、あんっ、すご……いっ」

ジェルなのか、凛の先端から零れたものなのか、もうわからない。しとどに濡れそぼったふたりの欲望は、ぬちゃぬちゃと音をたてて昂《たか》ぶりを増していく。

「理一さん……理一、さっ」

ひたすらに、凛が自分の名前を呼ぶ。

「凛くんは、いつもここが感じるの？」

「違っ……さっき棒で、された……から」

「擦ると、いっぱい溢れてくる――ほら」

「あ、やっ……ん」

意地悪で聞いているわけじゃなく、凛の求めにできる限り的確に応えてやりたかった。

凛の欲するものはすべて与え、願いは全部叶えてやりたいと思った。

狭い部屋の中に響くのはふたりの浅い呼吸音と、くちゅくちゅという卑猥な水音だけ。自分ひとりの時には感じたことのない、深い場所から突きあげてくるような強い快感に、理一はいつしか心ごと翻弄《ほんろう》されていた。

「り、理一さっ、もっ……出そっ、です」

不規則な呼吸に肩を上下させながら、凜が縋り付いてくる。もういくらも持たないだろうことは、手のひらに伝わる硬さでわかる。そして理一自身も。

「理一さ、も、気持ち、いい？」

たどたどしい口調で凜が尋ねる。それだけで理一は達しそうになってしまう。

「ああ、気持ちいいよ」

「よかっ……た、あっ……ん」

はぁはあぁと息を乱しながら、凜がほんの少し笑った。

「凜くん……」

理一は手のひらにいっそうの力を込め、硬く熱を持った二本の欲望を扱《しご》いた。

「あ、やっ、もっ……イくっ」

「……んっ」

「あぁぁ……ん、あっ！」

びくびくと腰を震わせ、凜が先に果てた。

後を追うように、理一も頂に達する。

ふたりの下腹部に挟まれた場所は、ふたり分の白濁と汗に塗れていた。

理一はまだ視点の定まらない凜を、思い切り抱き締め、乱暴なくらい強く唇を重ねた。

どうしてこんな気持ちになるのか。どうしてこんなに愛おしいのか。生まれて初めての感情は、理一から理性を奪い去ろうとしていた。

濃く深いキスを交わしながら、理一は混じり合った体液を搦《から》め捕り、凜の秘めた狭間《はざま》に指を這わせた。

凜が欲しい。凜のすべてを奪いたい。目覚めたばかりの本能は、思いのほか凶暴だった。

「んっ……りい、ちっ、さっ」

理一の意図を察したのか、凜は身を捩《よじ》って抵抗した。

「やっ……ダメ、です」

「どうして」

凜は俯き、何も応えずにただ首を振った。

「そうだ、次はアナルパールを使おうか」

「そういうことじゃなくて」

自ら持参してきたのに、凜はその瞳に悲しそうな拒絶の色を浮かべた。

「ひどいことはしないつもりだ」

「…………」

「それとももっと違うプレイがいい？」

理一は傍らのテーブルに並べられた、たくさんのＳＭグッズに視線を落とす。

縄は嫌そうだった。鞭も鼻フックも、顔中で「ダメ」と訴えていた。

――ならば。

「蠟燭を使おうか」

転倒させないように気をつければ大丈夫だろう。理一はベッドを下り、いかにもいかがわしげなパッケージの低温蠟燭を手に取った。

「理一さん」

「蠟燭も嫌なのか」

後ろを振り向かず、理一は問いかけた。凜は小さな小さな声で「ごめんなさい」と呟いた。

蠟燭を持ったまま、理一はゆっくりと凜を振り返る。

「奴隷になるんじゃなかったの?」

こんな台詞をぶつけるつもりはなかったのに。己の発した言葉のひややかさに、理一は慄《りっ》然《ぜん》とする。どれほど凜を欲しているのか、自分自身に思い知らされた。

「すみません。本当に……申し訳ありません」

凜はベッドの上で土下座をした。

「おれ、やっぱり理一さんにお金を借りるなんてできません」

「……凜くん」

「ほんと、勝手言ってすみません。でもやっぱりおれ、理一さんのこと……」

語尾が聞き取れない。

凛は崩れるようにシーツに顔を押し当て、「すみません」と何度も繰り返した。

「お金が必要なんじゃないのか」

「………」

「全額僕が用意する。心配いらない」

「ダメです！」

凛はベッドを飛び降りた。

「子供が十円借りるのとは、わけが違います。ちっちゃい家なら建つような金額なのに、安易に『貸して』なんて言っちゃいけなかったんだ。でも園長が倒れたって聞いておれ、気が動転しちゃって、胡桃ちゃんだって幼稚園通い始めたばっかりなのにって思ったら、居ても立ってもいられなくて……だからつい理一さんに、こんなとんでもないこと」

一気にしゃべった後、凛は余計なことを言ってしまったという顔で口を噤《つぐ》んだ。

やはり何か複雑な事情を抱えているようだ。

「園長って誰？」

「そ、それは……」

「倒れたって、どういうことかな。よかったら話してくれないかな」

凛は唇を噛み、うな垂れたまま首を横に振った。

「後悔しているの？　今、僕としたこと」

「…………」

「事情はよくわからないけど、別の誰かに頼むくらいなら、僕に任せてほしい」

「…………」

「他に、当てがあるわけじゃないんだろ」

行動の突飛さが、どれほど切羽詰まっていたかを物語っている。しかし凜は頑として首を縦に振らない。

「とにかくお金のことは忘れてください。本当に、自分勝手で申し訳ないんですけど」

理一の顔を見ようともせず、凜はそそくさと身支度を調え始めた。

「僕じゃだめなのか」

凜の動きが、一瞬止まる。

「そういうことじゃ」

「きみの役に立ちたい。力になりたい」

理一は凜のか細い背中を、力一杯抱き締めた。

凜は俯いたまま、ずずっと鼻をすすり上げた。

「ごめん……なさい」

「なぜ泣くんだ。なぜ話してくれない」

「ほんとに……本当にごめ、なさい」

顔を上げないことが、凜の答えなのだろうか。そう思ったら、両腕から力が抜けた。

凜はすすり泣きながら、理一の腕をすり抜けた。

「他の誰かと、こんなことするのか」

背中を向けたまま、凜はやはり答えない。

「凜くん、僕は」

「申し訳ありませんでした。さようなら」

「凜くん！」

バタンと乱暴に玄関ドアが閉まる。ほどなく隣からドアの開閉音がして、あたりはシーンと静まりかえった。

――さようならって……。

どういう意味だ。理一はこの世に生を受けてから今日までの二十六年十ヶ月において、最大級の難問にぶち当たった。

キスをせがまれた。した。怒ってしまった。

お金を貸して欲しいとSMグッズを持参し、やっぱり借りられないと帰ってしまった。

泣いていた。さよならと。

「なぜだ」

きみの頭脳はスーパーコンピュータだと言ったのは、解析学の准教授だった。しかし今、理一の脳はスーパーコンピュータどころか、ゼンマイ仕掛けのオモチャのように、ぎくしゃくとたどたどしい回転をしている。

ひとつだけ気づいたことがある。

どんなに小さくても、五十万円で家は建たないということだ。

「五百万か……」

一体全体どういう事情で、そんな大金が必要になったのか。凜の気配の色濃く残る部屋の中で、理一はうむ、と腕組みをした。

それもこれもすべて、受け入れるべきなのだろうか。

そもそも自分はなぜ、こうまで凜に関わりたいのか。

理一はおもむろに携帯電話を捜した。

いつもは邪魔で仕方がないのに、こんな時に限って見つからない。いらいらした。

「あった」

ピンクの麻縄と浣腸器の間からそれを拾い上げるや、理一は「友人」として登録されている唯一の相手を選択した。

こんな深夜にも拘《かか》わらず、彼はツーコールで出た。

『つまんねえ用だったら殺す』

「すまない譲二。実は早急に尋ねたいことができた。さっきのクイズの答えを教えてもらいたい」

『クイズ？』

「お前は今、僕が直面している状況を、漢字一文字で表すことができると言った。ひらがなら二文字。アルファベットなら四文字。答えはなんだ？」

『殺す』

ひと言残して電話が切れた。

理一はもう一度かけ直す。今度は十コールでようやく出た。

「電話が切れたようだ」

『俺が切ったの！　理一、いい加減にしてくれ。何時だと思って――』

「教えてくれ、譲二。今僕は一体、何に直面しているというんだ」

『なんなんだよ。どうしたんだ急に』

「頼む。今すぐ知りたい」

『んなこと自分で考えろ』

「考えてもわからないから聞いているんだ」

『…………』

受話器の向こうの呆れ果てたような静寂を、理一は縋るような思いで聞いた。

『お前、エミちゃんと何かあった？』

「エミ？」

どうしてまたその名前が出てくるのだろう。

「彼女のことはよく知らないが、ちょっと置いておいて欲しい。僕は今、凜くんのことで頭がいっぱいなんだ」

『凜くん？』

「凜くんのことが頭から離れない。今すぐ彼の部屋に行って、どうして泣いたのかと問いつめてしまいそうになる。彼が他の誰かと裸で抱き合うところを想像したら、脳の血管が切れそうになる。僕以外の男には断じて触れさせたくない。僕だけの凜くんでいてほしい」

『りっ、りり理一、お前っ』

「頼む譲二。僕はどうするべきなのだろう。凜くんのすべてを受け入れようとしたつもりなのに、何か間違っていたんだろうか。譲二……譲二？」

切れていた。

一分後、泡を食って理一の部屋に飛び込んできた譲二は、テーブルにずらりと並んだＳＭグッズと、コトの跡が生々しいベッドの様子に声にならない声を上げ、へなへなと腰を抜かしたのだった。

＊＊＊

「わかりました。ええ……そうですね。お役に立てなくてすみません。また電話します」

凛はため息混じりに受話器を置いた。

昭吉が倒れたという知らせから、三週間が経《た》った。幸い症状は軽く、凛が見舞いに駆けつけるのを待たずして退院したことに安堵《あんど》はしたものの、肝心の資金問題は何ひとつ解決していなかった。

昭吉は退院してからもずっと、無駄を承知であちこち知り合いを訪ねているという。このままでは、またいつ倒れてしまうかわからない。様子を伺う凛の電話に、大丈夫だから心配するなと笑うタツ子の声も、心なしか暗かった。

しとしとと、六月の雨が音もなく窓ガラスを濡らす。梅雨《つゆ》に入ったのかもしれない。

凛の気持ちを鉛のように重くしている原因は、向日葵の家のことだけではなかった。

「後悔先に立たず、か」

昭吉が入院したと知って、気が動転した。本当に、頭の中が真っ白になった。

なんとかしなくちゃ、なんとかしなくちゃ、とにかくなんとかしなくちゃ。

——お金だ。なんとかして、お金を用意しなくちゃ。

そればかりをぐるぐる考えながら、無我夢中で電車に飛び乗り、ネットで調べたＳＭグッズ専門店に向かった。作っただけで一度も使ったことのなかったクレジットカードで、紙袋いっぱいの買いものをした。そして――あんなことになった。

向日葵の家を救いたい一心だったとはいえ、理一にはもう合わせる顔がない。第一、性的嗜好という個人情報中の個人情報を、一体どこで得たのかと聞かれたら、あの時の自分はどう答えるつもりだったのだろう。何よりそれを利用して、金を借りようとした自分の最低さを思うと、頭を掻《か》きむしりたい衝動に駆られる。

絶対に嫌われた。当然だ。なんでもしますと言っておきながら、自分だけさっさと先にイッてしまって、挙げ句「一緒に」なんて甘い言葉を囁《ささや》かれて、すっかりその気になって。嫌われても仕方がないと、腹を括ったつもりだったけれど、こうなってみるとやっぱりショックは大きい。

一瞬だけ、ほんの一瞬だけ、本気で願ってしまった。

理一も自分を好きになってはくれまいかと。

向日葵の家のためにしたことなのに、いつしか凛はひたすらに理一を求めていた。妄想が現実になったとしか思えない台詞に、驚きよりも嬉しさが勝った。世にも恥ずかしい言葉をたくさん吐いて、最上級に恥ずかしい格好を、大好きな人の前に晒《さら》してしまった。

――バカだ、おれ。

嫌われただけじゃ済まない。理一はむちゃくちゃ怒っている。その証拠にあの翌日どこかに出かけて、この三週間一度も部屋に戻ってこない。きっと凜の顔など見たくないのだろう。隣に住んでいることすら嫌なのかもしれない。

「そりゃそうだよね……」

理由も話さず、いきなり五百万貸してくれ、奴隷になりますなんて言われて、ああそうですかと納得する人間はいない。怒鳴りつけて追い返さなかったのは、ひとえに理一の思いやりだろう。理一が縄で縛ったり蠟燭を垂らしたりしたいのは、自分なんかじゃない。

凜はのろのろと立ち上がり、台所へ向かうと冷蔵庫を覗き込んだ。水すら入っていない空っぽな中身は、まるで今の自分の心のようだ。正直食欲はまったくないが、何も食べないとまた美鈴に心配をかける。これ以上仕事に支障を来《きた》すことは、社会人として許されない。

少し肌寒い。凜は一度押し入れにしまった綿入れを出して羽織り、愛用のビニール傘を手に、雨の商店街へと向かった。

角のパン屋さんで「お持ち帰り自由」の食パンの耳をもらい、お豆腐屋さんの裏口でいつものようにおからを分けてもらおう。その後三丁目のお弁当屋さんまで足を伸ばそう。この時間、運がよければ賞味期限が数時間後に迫ったお弁当を、こっそりもらえるかもしれない。

ＳＭグッズを大量買いしたおかげで、来月までの生活費はないに等しい。貧乏には慣れている凜だが、もらいもののハシゴをする日が来るとは思ってもいなかった。

しとしとと町を濡らす雨の向こうに、電器店のショーウインドウが見える。たくさん並んだ液晶テレビは、それぞれ別の番組を映し出していた。部屋にある〝叩《たた》くとうつる〟昭和なテレビは、地デジ化とともにただの箱と化した。いつかは薄型の液晶テレビが欲しいものだと思っていたけれど、今はちっとも欲しくない。そんなお金があったら、一円残らず向日葵の家のために使いたい。

『さーてさて、皆さん大変お待たせいたしました。いよいよ出場者の登場でぇ～っす！』

派手な蝶《ちょう》ネクタイをつけた司会者が、興奮気味にしゃべっている。あまりにハイテンションなその声に、凜は一度通り過ぎたショーウインドウを振り返った。

『毎週生放送でお送りしています、大学対抗デラックスクイズ。今週は非常にハイレベルな闘いが予想されます』

「大学対抗、デラックスクイズ――あっ」

合コンの時、みんなが話していたあのクイズ番組だと気づいた。この時間に放映していることも生放送だということも、テレビに無縁だった凜は今、初めて知った。

『今週は、なななんとなぁんとっ、超難関都南大学が誇る、天才大学院生が登場してくれます。それでは解答者のみなさん、どうぞ！』

ファンファファンファ～ン～♪　と、入場の音楽が流れる。会場が拍手と各大学応援団の鳴り物で騒然とする中、七人の解答者が舞台袖《ぶたいそで》から順に入場した。

と、凜は、最後尾を歩くすらりと背の高い青年に視線を奪われる。

——えっ……？

凜は両手で口を覆い、ひゅ〜〜〜っと長く息を吸いながら、ショーウインドウにへばりついた。傘は開いたまま地面に転がり、眼鏡が思い切りずり落ちた。

「な、なな、なんでっ」

凜は眼鏡のつるを持ち上げ、もう一度しっかり確認する。

「なんで、理一さん、がっ」

やはり間違いない。最後の入場者は理一だった。

司会者が言っていた、都南大学が誇る天才大学院生とは、理一のことだったのだ。

「なんで？　どうして？　どういうこと？」

その時。凜の脳裏に、合コンの時の譲二のひと言が蘇った。

『理一が出れば絶対決勝に残れるのに。上手くすりゃ賞金ゲットだ』

「あ……」

そういうことだったのか。凜の中ですべてが繋がった。理一は自分のために、お金を工面しようとしているのだ。あれからずっとアパートを留守にしていたのも、もしかしたらこのクイズに出ることを、凜に悟られないようにするためだったのかもしれない。

番組は一旦ＣＭに入った。凜は傘を拾い上げるのも忘れて駆けだした。

「本山《もとやま》さん！　本山さん！　すみません、おれです、凜です！」

全速力でアパートに駆け戻り、本山の部屋の呼び鈴を押しながら凜は叫んだ。

すぐにドスドスと足音がして、玄関が開いた。

「凜くん、どうしたの、ずぶ濡れじゃないか」

本山が驚きに目を見開いた。

「い、いいっ、今、テレビ、あの、商店街で偶然、クイズ、理一さんが」

「ああ、見ちゃったんだね、凜くん」

「見ちゃったって、本山さん、知ってたんですか」

「知ってたも何も」

本山は、何から説明しようかといった表情で、

「とりあえず入って。一緒に観るだろ？」

と、顎から滴《しずく》を垂らしてコクコク激しく頷く凜を、部屋に招き入れた。

「詳しい経緯は後でね」

本山はずぶ濡れの凜にタオルを手渡すと、テレビの正面にドスンと腰を下ろした。凜は雨を含んでずっしり重くなった綿入れを脱ぎ、本山の隣にちんまりと座ると、食い入るように画面を見入った。

本山の解説によると、このクイズの特徴はとにかく出題範囲が途方もなく広い。理系文系

社会芸能スポーツ。その業界の人間ですら窮する超難問から、幼稚園児が喜びそうなとんちまで、ありとあらゆる分野からランダムに出題されるという。

「予選を勝ち抜いて決勝に進めるのは、ひとりだけ。一発勝負の決勝問題に答えられなければ、賞金は一円も出ない」

「つかぬことを伺いますが、本山さん」

「なに」

「優勝の賞金って、具体的にいくらなんでしょう」

「五百万。あれ、前に言わなかったっけ」

本山は、さらりとその金額を口にした。

やはりそうだったのだ。凜の中で、すべてに合点《がてん》がいった。

「ちなみに、今まで優勝賞金をもらった方は」

「ひとりもいない」

でしたね、という確認の台詞はあえて呑み込む。五百万円の賞金を頻繁に出していたら番組が成り立たないことくらい、素人《しろうと》の凜にもわかる。

『それでは第一問!』

司会者のハイテンションはそのままに、いよいよクイズが始まった。

『いきなりですが、イントロ早押しクイズです。次の曲名を答えてください』

どこかで聞いたことのあるイントロが流れるや、ほんの0・5秒ほどで三番の解答者が早押しボタンを押した。

『KGB48の、エブリデイ・ウラジオストック！』

『正解！』

体重九十キロはあろうかという巨体を揺すり、三番の解答者がガッツポーズをした。会場からはどよめきと歓声が上がる。三番とほぼ同時に押した二番と五番の解答者は、頭を抱えて悔しがっているが、理一は一瞬の出来事にただ呆然としているようだった。

「あぁーっ、のっけからアイドル問題とはアンラッキーだった。次だ次！　次の問題！」

本山は胸の前で両手を組み、祈るように画面を凝視した。

——理一さん、頑張って。

凜も本山と同じように、祈りのポーズをする。

『では第二問！　早押しです。最新の統計によりますと、現在日本の総人口は一億二千八百五万七千三百五十二人です。すべての日本人が参加してトーナメント方式のじゃんけん大会を開催するとして、その総試合数は何試合になるでしょう』

ピンポンッ！　と真っ先にボタンを押したのは……。

『はい、七番都南大学、西澤《にしざわ》さん』

『一億二千八百五万七千三百五十一試合』

『正解です！』

おおーっという歓声が観客席から上がる。凛と本山も興奮気味にハイタッチをした。

「すごい！　すごいです理一さん！　どうやって計算したんだろう」

首を傾げる凛に、テレビの中の理一が解説してくれた。

『トーナメント戦というのは、優勝するひとり以外のすべての出場者が、いずれかの時点で負けます。一試合でひとり、必ず負けます。一試合でふたりは負けないし、負ける人がいない試合もない。従って全出場者の数から最後まで一度も負けない優勝者の数、すなわち〝1〟を引いた数が、総試合数になります』

あまりに見事な解説に、司会者も他の解答者も観客もみなうっとりと理一を見つめていた。もちろんひまわり荘一〇三号室にいる凛も。

続く第三問は歴史問題だった。第四問はスポーツの珍問。第五問はとんち。第六問、第七問・第八問と文芸問題が続き、いずれも他の解答者が正解した。

『では第九問！　イントロ早押しクイズです。次の曲を歌っている歌手名を答えてください』

あちゃーっと本山が頭を抱えた。

「ここらで一歩リードしたかったのに。つーか今週、イントロ多すぎだろ」

理一の苦手分野からの出題に、凛もがっくり肩を落としたのだが。

ちゃちゃちゃんちゃんちゃんちゃんと、軽快に流れてきたイントロに、本山が「あっ」と声を上げた。

「理一、答えろ！　夜な夜な俺が付きっきりで教えた昭和歌謡だ！」

昭和の雰囲気がぷんぷん漂うイントロには、さすがに誰も反応できない。

迷いながら理一がゆっくりとボタンを叩いた。

「よっしゃ、行け、理一！」

本山が立ち上がった。

『七番、都南大学、西澤さん』

理一は眉を顰《ひそ》め、必死に何かを思い出そうとしている。

『イク……ゾウ』

「そうだ！　それだ！」

本山が拳を振り上げて叫ぶが、理一はますます苦しげに首を傾げる。

『西澤さん、苗字《みょうじ》まで正確に！』

『幾三《いくぞう》……幾三……』

そして理一はハッと顔を正面に向けた。

『それ、幾三？』

会場に鳴り響いたのは、不正解を知らせるブブーッという残酷な音だった。

ああーっと本山が頭を抱えた。

「バカ理一」

『残念！　正解は吉幾三《よし》でした。西澤さん、惜しい！』

理一はがっくりとうな垂れた。

番組は粛々と進み、理一はその後、第十二問と第十八問に正解した。三番の黒縁眼鏡が理一と同じ正答率。ふたりが同率トップとなったところで、予選のラスト問題を迎えた。

『では第二十五問！　予選、最後の問題です』

雛壇《ひなだん》正面に、大きな図が映し出される。

『光学的ジャイロスコープに関する問題です』

「よっしゃあぁ！　来たあ！」

本山が膝を叩く。凜は「じゃ、じゃいろ、すこおぷ？」と目を瞬かせた。画面では解答者全員が苦笑いをしていた。あまりに専門的すぎる問題には、正答が出ないことが多い。

微妙な空気の中、淡々と問題が読み上げられる。

『図1に示された概略図のように、光波は時計回りに角速度Ωで回転しているリングの点Pに入り、半径Rの円形の光ファイバー中を進みます。光波は、点Pでリングに沿って時計回り（CW）と、反時計回り（CCW）にまわる2波に分けられます。光ファイバー物質の屈折率はμとし、光はファイバー・ケーブル中を、半径Rの円形経路に沿ってなめらかに進むもの——』

口を半開きにする者、諦め顔で両の手のひらを上に向け肩を竦める者。とんでもない難問に解答者の反応は様々だったが、雛壇にも会場にも一様に「こんな問題、答えられる者がいるはずはない」という雰囲気が漂っていた。

そんな中、画面の端の理一だけが熱心にメモを取っている。その様子を見つめながら本山が呟いた。

「このクイズの面白いところは、ここなんだ。壮大な分野、莫大な数のクイズからコンピュータが無作為に問題を選ぶ。だからどの段階でどんな問題が出るのか、誰にもわからない」

「じゃあ理一さんは」

本山は画面を見つめたまま、ああと頷いた。

「理一は確実に〝持ってる〟。とてつもない何かを。ラスト一問が、あいつに味方した」

凛は固唾《かたず》を呑み、手のひらの汗を太股《ふともも》に擦りつけながら、もはや日本語かどうかさえわからない問題文に聞き入った。

『――そこで問題です。光線がＣＷの向きに1周する時間をt^+、ＣＣＷの向きに1周する時間をt^-とする時、それらの時間差を、円形リングで囲まれた領域の面積Ａを用いて表しなさい。制限時間は三分です』

問題の難易度に対して、三分という持ち時間が短いのか長いのか、もはや誰にもわからなかった。間が持たないと判断したのか、番組は一旦ＣＭを挟み、応援席の様子などを映した後、ふたたび雛壇の解答者たちにカメラを向けた。

『はい、終了です。みなさん一斉にフリップをどうぞ』

七人全員が、フリップを掲げる。

果たして、ほとんどのフリップが真っ白だった。

『今のは難問中の難問でしたからね。仕方のない……おおっと！』

カメラが理一のフリップを捉《とら》えた。

ただひとり、理一のフリップだけが白紙ではなかった。

『七番。都南大学、西澤さん。自信はありますか』

『あります』

『では、答えを読み上げてください』

『Δ《デルタ》ｔ《ティー》イコール、Ｃ《シー》二乗分の、４μ《ミュー》Ａ《エー》Ω《オメガ》』

一瞬の静寂の後、ひときわ甲高い司会者の声が会場に響き渡った。

『せ、正解です！　正解です！』

うおぉ～っというスタジオのどよめきが、画面越しに伝わってきた。

『なんということでしょう！　たったの三分間で、この物理オリンピック並の超難問の正解を導き出しました！　正真正銘の天才、西澤理一さん！　アンビリ～バボ～～ですっ！』

「やったぞ、決勝進出だ！」

「すごい！　すごい理一さん！」

凛は本山と抱き合いながら、ぴょんぴょんとマサイ族のように飛び跳ねた。

天井から頭上にぱらぱらと埃《ほこり》が落ちてきても、まったく気にならなかった。

「理一さ、すげえ勉強してたんだ」

ひとしきり喜び合った後、譲二が感慨深げに言った。

「この三週間、ホテルに籠もってクイズの猛勉強してた」

「やっぱりそうだったんですね」

部屋に帰ってこないのは、自分の顔を見たくないからだとずっと思っていた。

そんな自分を凛は恥じる。

「理一の脳みそは、ダルメシアンなんだ」

「ダルメシアン？」

「なんていうかこう、すげーはっきりした斑《まだら》なんだな。自分の研究分野だとか特別興味のある分野だとか、得意分野に関しては他の追随を許さない知識を持っている。それが黒い部分だ。けど白いエリアについての知識は、いっそ清々しいほどゼロ。まさに白紙だ」

「白紙……」

「今の問題だって、ひとつ間違えば理一のフリップだけが白紙だった可能性もある。というか、その可能性の方がずっと高かった。けどあいつは、自分の真っ白な部分を少しでも埋めようと、この三週間ほとんど寝ずに勉強していた。桃太郎とかぐや姫の区別もつかないあいつがさ。あんなに必死な理一を見たの、マジ初めてだったよ」

本山の言葉に、凜の胸はぎゅうっと絞られるように痛む。

自分のせいで、理一に辛い思いをさせてしまった。凜が借金を申し込んだりしなければ、理一は苦手なものの勉強のために睡眠を取られることも、嫌がっていたクイズ番組に出場することもなかった。

「おれのせいです」

凜はうな垂れる。己の行動の浅はかさが、ひたすら情けなかった。

「きみのせいじゃない」

「でも」

「きみのせいなんじゃなくて、きみの〝ため〟だよ。凜くん」

のろのろと顔を上げた凜に、本山はニッと笑ってみせた。

「他でもない、凜くんのためだからじゃないかな。理一がこんなに頑張ってんのも、死んでも出ないと言い張ってたクイズに、自分から出たいなんて言い出したのも」

「おれの、ため？」

「そう。きみのためだからこそ、理一は必死なんだ」

三週間前、本山の携帯に理一から電話があった。いつもの理一らしからぬ混乱ぶりに、本山は深夜にもかかわらず理一の部屋に駆けつけた。そしてＳＭグッズの中に立ち尽くしている理一を発見したという。

あの惨状を本山に見られてしまった。

凜はその場に卒倒しそうになったが、辛《かろ》うじて堪えた。

「詳しい理由は何も言わなかった。あいつはそういう男だから。でもなんとなく、凜くんのためなんだろうとは思ったよ。だって理一は――」

言いかけて本山は口を噤んだ。

「とにかく今すぐ五百万円必要になった。クイズに出たい。なんとか手はずを整えてくれ。そう理一から頼まれた。俺はすぐにADをやってる友達に連絡した。いくら希望者が少ないとはいえ、出演者はひと月先まで決まっていたんだけど、先週になって就活と重なった学生から運よくキャンセルが出た。で、急遽《きゅうきょ》理一の出場が決まったってわけ」

「そうだったんですか」

そこで本山は、少し言いにくそうに鼻の頭をポリポリ指で掻いた。

「あのね凜くん、実は俺、凜くんに謝らなくちゃいけないことがあるんだ」

「謝る？　本山さんがおれにですか？」

「うん。きみが男娼かもしれないと理一に話したのは、実は俺なんだ。きみの部屋から時々聞こえてくる声が、てっきりその……そういう時の声だと思って。完全に勘違いしていた。ごめん」

「そのことなら気にしないでください。おれも悪いんです」

肩こり&腰痛持ちの者にとって、マッサージの時に出てしまう声はいかんともしがたいものがあるが、アパートの構造を考慮するべきだったと反省している。

考えてみれば、そんな激しい誤解をしていたにも拘わらず、本山と理一は自分を合コンに誘ってくれたのだ。ふたりの大らかさが、凜には嬉しかった。

「それだけじゃないんだ。合コンの時、きみが理一のことをたいそう気にしているようだったから、ちょっと心配になって……まあ要するに、理一をきみに近づけたくなかったんだ。きみが男娼だと、すっかり誤解していたからね」

それもこれも、本山の友情なのだろう。ふたりの絆《きずな》の強さが凜には羨《うらや》ましかった。

「だから俺は、きみに嘘をついた」

「嘘？」

「理一が変態だって」

「へ……」

たっぷり五秒の後、凜の脳はようやく事態を理解した。

「そそ、それじゃ、理一さんが筋金入りの、想像を絶するド変態というのは」

「うん。嘘」

「じゃ、あの、縄とか鞭とか蠟燭とか、大大だ～～い好きっていうのも」

「うん。全部嘘」

凜は今までで最高に、ひょ〜〜〜っと長く息を吸い、立ち上がった。

「なっ、なんてことを。おれはすっかり本気にして、理一さんにあんなこと」

「だからごめんって。理一もめちゃくちゃびっくりしてたけど」

「それはそうでしょう。ええ、ええ、そうでしょうとも」

凜は地団駄を踏む。天井からはらはらと、さっきより多めの埃が落ちてきた。

「凜くん、ちょっと落ち着いて。座って。ね？」

「これが落ち着いていられますかっ！」

「本当に悪かったと思ってる。ごめんね」

「あのですね、世の中にはですね、ごめんで済むことと済まないことがありますっ！」

ＳＭグッズを目の前にした理一の戸惑った顔が、脳内をぐるぐる回った。

「それじゃ、理一さんの火傷は一体」

「火傷？　ああ、あれは実験中に火が飛んだんだ。理一と組んでいたやつがミスしてさ」

本山は、よくあることだとこともなげに言った。

パートナーとは、実験の相棒のことだったらしい。

あぁ、と凜は頭を抱える。

夜中にいきなり鞭だの蠟燭だのを抱えて「奴隷にしてくれ」と懇願した隣人を、叩き出さなかった理一の精神力と心の広さは、もはや神仏の領域だ。

一体どう落とし前をつけてくれるんだと、涙目で本山を睨み付けたその時だ。司会者の今日一番のハイテンションボイスが聞こえた。CMが明けたのだ。

『都南大学、西澤さん。いよいよ決勝問題です。この問題に正解すればその瞬間、賞金五百万円があなたのものになります。今のお気持ちはいかがですか』

凜は臨戦態勢を一時解除し、元の位置に座った。本山も緊張した面持ちで居住まいを正す。

『平常心でいきます』

淡々と答える理一はやはり、表現のしようのないほど格好よかった。

スタジオの声援も、心なしか黄色い声ばかりに感じられる。

「本山さん、これ、全国放送ですよね」

「もちろん。全国津々浦々、北は北海道から南は沖縄まで放送されてるよ」

今この瞬間、北海道で蟹《かに》にかぶりつきながら、あるいは沖縄でサーターアンダギーを頰張りながら、理一の格好よさと頭のよさにハートを撃ち抜かれている女性が、山ほどいるということか。

番組平均視聴率が八パーセント前後と聞いているから、今現在全国で、一千万人近くの人が、理一の姿を観ている計算になる。その半分が女性として、およそ五百万人。妙齢の女性の割合まではわからないが、少なく見積もっても百万人くらいの若い女性が観ているはずだ。

ものすごく控えめに見積もって、仮に十人ひとり、理一に心を鷲《わし》づかみにされたとしたら……。

――まずい。

エミ以外に、十万人の恋敵《こいがたき》が誕生してしまったことになる。その中で、ナマ理一に会いたいと思いたった女性が、百人にひとりいるとして……。

――まずいまずい。まずいぞ。

千人の女性が、ひまわり荘を襲撃にやってくる計算だ。

明日から理一は、おおっぴらに外を歩けないかもしれない。道端で大勢の女性に押し倒される理一の姿がリアルに浮かんだ。

理一を守らなくては。マスクとかサングラスとかちょび髭《ひげ》とか、せめてものお詫《わ》びとお礼に自分が用意しよう。凜はひっそりと拳を固めた。

『それでは泣いても笑っても、これが最後の問題です!』

司会者が叫ぶ。

『次の写真の動物の名前を答えてください』

理一の表情が、一瞬にして曇る。

譲二が両手で顔を覆い「最悪」と低く呟いた。

凜もふう、と息を吐き、静かに目を閉じた。

他のジャンルならまだしも、よりによって決勝問題で動物クイズに当たるとは。コンピュータの仕業だとしてもあまりに意地が悪い。体温のあるものが苦手な理一の動物に対する知識は、まさにダルメシアンの白地部分なのだ。

神も仏もない。

――白……真っ白……。

燃え尽きた気分だった。

万事休す。

そんな言葉が浮かんだのだが。

ジャジャンッ、という効果音と共に映し出された動物の写真に、凜は顎が床に落ちるかというほど驚いた。声も出なかった。

「なんだよこれ。ムササビか？　んな簡単なわけねえか。あーもう、終わった」

本山があぐらをかいたままばったり後ろに倒れた瞬間、画面の中の理一はその涼しげな目をそっと伏せ、口元にふっと笑みを浮かべた。

「う……そ」

静かに目を開いた理一が、画面越しに凜を見た。

まるで視線に射貫《いぬ》かれたように、凜は動けなくなる。

『それでは西澤さん、答えをどうぞ！』

「理一さん……」

愛しい名を呟く凜に向い、理一はゆっくりと口を開いた。


「本当に、お言葉に甘えてしまっていいんでしょうか」

昭吉は、まだ信じられない様子だ。

「どうぞ遠慮なさらず」

相変わらず無表情で素《そ》っ気《け》ない理一だが、その瞳の色は温かい。

「そのつもりで挑んだんです。凜くんのためでなかったら、僕はクイズ番組に出場しようなんて、夢にも思わなかったでしょう」

「しかし、全額いただいてしまっては」

「構いません」

理一は穏やかな表情で、小木曽夫妻に微笑んだ。

「凜くんは、僕の大切な人です。向日葵の家がなくなってしまったら、凜くんはひどく悲しむでしょう。深く落ち込んで、もう僕の前で二度と笑ってくれないかもしれない。そんなことになったら、僕はどうしていいのかわからない。とても困るんです」

理一の言葉に、全身の血が沸騰しそうになる。

「五百万円は、確かに大金です。けど僕にとって、凜くんの笑顔以上に大切なものなどありはしない。凜くんの笑顔をお金で守ることができるなら、僕にとってこの金額は、決して高くはありません。逆に言えば、何億円、何兆円あっても、凜くんから笑顔が失われてしまったら、何の意味もないんです」

――理一さん……。

嬉しくて、ありがたくて、言葉にならなかった。テレビ局から戻った理一に、すでに何度となく礼を告げてきたが、何度言っても足りない。

零れそうな涙を見られたくなくて、凜は庭を走り回る子供たちに視線を向けた。

「建て直して、ぴっかぴかの部屋になるんだぞって言ったら、子供たちみんな大喜びするでしょうね」

夫妻はそろって、凜の視線を追う。

無邪気に駆け回る子供たちの姿に、ふたりはようやくその表情を綻《ほころ》ばせた。

「手続きの書類とか、詳しいいろいろは後日になりますけど、とにかくこれで向日葵の家が無くならずに済みました。本当によかったです」

たくさんのひまわりが、さあもうすぐ咲くぞきれいに咲くぞと、意気込むように空を仰いで並んでいる。このひまわりたちも刈られずに済んだのだと思うと、また胸に熱いものがこみ上げてくる。

「西澤さん、凜くん、本当に本当にありがとうね。私はまだ、夢を見てるみたいよ」

タツ子が、優しい皺が刻まれた眦を拭う。その肩を、昭吉がそっと抱いた。

昭吉とタツ子が並んで笑っている。あの頃のように。

それだけで凜の心は、幸せで満たされるのだった。

「西澤さん、私たちにとってあなたは神さまだ。本当にありがとう」

目を潤ませる昭吉に、理一は首を横に振った。

「いいえ、神さまは僕じゃありません」

優しい瞳が凜を見下ろしている。

「神さまは、彼、凜くんです」

驚いて見上げる凜の視線が、理一のそれと絡んだ。

うっかりあの夜のことを思い出してしまい、耳がカアッと熱くなる。

「貧乏神……ですけどね」

小声で呟くと、隣で理一が珍しくいたずらっ子のような微笑みを浮かべた。どんな表情もさまになる。本当に素敵な人だと、凜は何度でも惚《ほ》れ直す。

「それじゃ、理一さん、そろそろ帰りましょうか」

このままじゃ、夫妻に理一への恋心を勘づかれてしまう。まだ礼を言い足りなさそうなふたりに暇を告げ、理一と凜は向日葵の家を後にした。

　帰りの電車を待つうち、いつしか日は西に傾いていた。ボックスシートの窓際に座った凜に、本日最後の大サービスとばかりに西日が注ぐ。ちょっと眩《まぶ》しいなと思っていたら、理一が長い腕を伸ばして、ロールカーテンを引いてくれた。本当にどこまでも優しい人だと思う。

「あの子たちは、全員イチゴ同盟なのか」

「え？」

　なんのことだろうと思ったが、すぐにさっき子供たちに配ったイチゴのプルンチョのことだと気づいた。

「いつもあの子たちへのお土産は、プルンチョって決めてるんです。だからあの子たちは全員イチゴ同盟の仲間ですよ」

「結構大がかりな組織だったんだな。てっきり僕ときみのふたりだけかと思っていた」

　なぜか少しがっかりしたような横顔に、凜は思わず噴き出しそうになる。三つ年上の理一を、初めて可愛いと感じた。

「有名店の洋菓子にしようと思ったこともあったんですけど、そういう贅沢《ぜいたく》は自分で働いてからするものだって、いつも園長が厳しく」

「園長の言うことは正しい。よかれと思ってしたことが、必ずしも相手を幸せにするとは限らない」

「ええ」

可哀想にと、口にすることは簡単だ。けれどそれは必ずしも思いやりではない。

凜が言いたかったこと、昭吉が伝えたかったこと、あらためて言葉にしなくても理一はちゃんと理解している。胸が熱くなり、凜は窓の外のオレンジに視線を飛ばしたのだが。

「そういえばアパートの庭のひまわり、凜くんが種を蒔いたんだってね」

唐突に理一の口から出たその言葉に、凜はハッと振り返る。

一体誰から聞いたのだろうと考え、ひとりの女性の顔が浮かんだ。凜本人と小木曽夫妻以外でその話を知っているのは、彼女しかいない。

「理一さん、美鈴さんに会ったんですか」

「会った」

「どうして……」

「僕から、会いに行った」

凜々たまごは、新作が出れば書店の入り口付近に、ポップ付きで平積みされる作家だ。まだ若いがそれなりの収入もあるだろう。それがなぜあんなおんぼろアパートで、爪《つめ》に火を灯《とも》すような赤貧生活を送っているのか。考えに考え、理一の推理はひとつの結論に至った。

「悪徳出版社に騙《だま》されているに違いないと思ったんだ」

「煌原社さんはちゃんとした出版社です。それに美鈴さんは、高校生のおれをここまで導いてくれた恩人なんです」

「そうみたいだね」

「美鈴さんから向日葵の家のことを？」

「ああ。実に口の堅い女性だった」

理一は苦笑しながら、美鈴とのやりとりと話してくれた。

凜の隣人だと最初から正直に名乗ったにも拘わらず、理一は運転免許証や学生証まで提出させられたという。

『そう。あなたが。ふうん』

頭の先から靴の先まで舐《な》めるように視線を這わせ、美鈴はひと言、

『なるほど凜々たまご先生は、面食いだったのね』

と肩を竦めたという。

それでも向日葵の家の話をなかなか話してくれない美鈴に、理一は『施設長が倒れたことをご存じですか』と切り出した。施設長が誰なのか、そもそも凜とどういう関係の人間なのか、何も知らないまま理一は鎌《かま》をかけたのだ。

果たして美鈴は非常に驚き、動揺を隠さなかった。

『今の凜くんを救えるのは、おそらく僕しかいないと思います』

畳みかけるように詰め寄る理一に、美鈴は観念したように凜と向日葵の家の関係、そして向日葵の家が置かれている状況を話した。すべてを知った理一はすぐさま譲二に連絡を取り、三週間後、見事賞金五百万円を勝ち取ったのだった。

「決勝問題が動物クイズだった時は、正直ダメだと思いました」

「僕もだ。こうなったら銀行強盗でもするしかないかと思った」

「そんなこと」

まさか本気ではなかったのだろうが、それでも凜には、理一の気持ちが嬉しかった。

『マレーヒヨケザル』

理一が正解を口にした瞬間、凜の胸に遠い昔の思い出が蘇った。向日葵の家に連れて来られた日のことだ。両親を亡くし、親戚中をたらい回しにされた挙げ句、施設に入ることが決まった凜を、小木曽夫妻はふたりして強く抱き締めてくれた。

不安にべそをかく幼い凜に、夫妻はこう言った。

『あのね凜ちゃん、毎日一生懸命生きていたらね、幸せは向こうからちゃあんとやってくるんだよ。だから笑って』

言葉を理解し始めて間もない頃のことなのに、不思議なくらいはっきり覚えている。

毎日毎日一生懸命、子供たちのために生きてきた昭吉とタツ子。だから幸せは向こうからちゃあんとやってきたのだ。夫妻とは縁もゆかりもない、マレー半島の珍獣に連れられて。

「僕はこの三週間、クイズの勉強をしていた。なんたらゾウやなんとかキャットなどの写真を続けざまに見て具合が悪くなったり、ベートーベンとショパンとモーツアルトの曲を聴き比べてその歴史を半分眠りながら暗記したり、その合間に譲二に北島サブちゃんの素晴らしさを延々と説かれたり」

「大変な思いをさせてしまって、本当にすみませんでした」

「それなりに楽しかった」

寄付のことだけではない。理一は決して口にしないが、この三週間の間に進めなければならなかった研究や、提出予定だったレポートがあったはずだ。エミとのデートの約束も。それらを全部犠牲にさせてしまったことに、凜は申し訳なさでいっぱいになる。

「暗記というのは、それ自体そう苦痛な作業ではない。最も困難なのは、自ら正解を予想し、答えを導き出すことだ」

窓の外に、ビルの灯《あか》りが見え始めた。

「今回の一番の難問は、結局自分で答えを出せず、譲二に正解を教えられた」

「理一さんにも、解けない問題があったんですか」

「僕にとっては、とてつもなく難しい問題だった。譲二は幼稚園児でも二秒でわかると言ったが」

理一にとっては難問だが、幼稚園児にはすぐ解ける。凜は首を傾げた。

「少し前から僕は、ある人のことが気になって、その人のことが片時も頭を離れない。その人が笑うと……それが実に可愛らしい笑顔なんだけれど……僕の心は幸せでいっぱいになる。その人が泣くと、どうしたらいいのかわからなくなる。パニックになるほど」

「……理一さん」

どうしてここで突然、エミへの気持ちを吐露し始めるのか。久しぶりに肩が触れあう距離にいることを、ふわふわと楽しんでいた凜は、錐揉《きりも》みしながら一気にどん底に落ちた。

「その人が、僕以外の誰かと抱き合うところを想像すると、脳の血管が切れそうになる。僕以外の男には断じて触れさせたくない。そんな身勝手なことばかり考えてしまう」

耳を塞げるものなら塞いでしまいたい。〝その人〟を語る理一の声は真摯《しんし》に優しく、決して強い口調ではなかったが、どれほどの思いを込めているのか、顔を見なくてもひしひしと伝わってきた。

「その人は、とても優しく思いやりがある。僕のような無粋な男が、意図せず誰かを傷つけてしまった時も、僕にも相手にも気を遣わせないように、しかし媚《こ》びることなく自分の意見を述べ、僕が悪くしてしまった雰囲気を、再び柔らかいものに変えてくれた。その様はまるで一流のマジックを見ているようだった」

もういっそ笑ってしまおうかと思うくらいのべた褒めだ。鼻の奥がツンとした。

「その人は、時々頬を染める。きっと恥ずかしがり屋なんだろう」

はてエミは赤面症だったろうか。凛の記憶にはないが、理一の前ではしばしば赤くなるのだろう。可愛い女性は得だ。赤くなっても青くなっても可愛いのだから。

「凛くん」

「……はい」

「譲二はね、今の僕が陥っているこの状態を、漢字一文字で表すことができると言ったんだ。ひらがななら二文字。アルファベットなら四文字。凛くんにはわかるかな」

「まさか、それが解けなかった問題ですか」

だとしたらあまりに酷だ。

しかし理一は大きくひとつ頷くと、真剣さ百倍の眼差しで、凛の顔を覗き込んだ。

正解なら決まっている。わからない理一がどうかしているのだ。

だから答えたくなかった。凛は俯き、鼻の奥の痛みと闘った。

「きっと凛くんにもわかるよね」

「……わかりません」

消えそうな声でようやく答えた。理一の瞳が曇る。

「本当にわからないの？　それとも答えたくないのかな」

「……ごめんなさい」

「僕が彼に、どんな気持ちを抱いているのか」

「すみませ……」

――ん？

今、理一はとても不可思議なことを言った。

「彼？」

聞き間違えたのかと思ったが、理一は「そう。彼」と真顔で凜を見つめる。

「彼って」

戸惑う凜を、理一は急《せ》かす。

「本当にわからない？」

「いえ、あの」

「答えて、凜くん」

ゆらゆらと揺れる気持ちをコントロールできない。

まさかともしもを天秤《てんびん》にかけながら、凜はその当たり前すぎる解答を口にした。

「恋……でしょうか。英語なら、ＬＯＶＥ」

小説の中でなら平気で使えるのに、実際舌に載せると妙にこそばゆい。

「ほらまた赤くなった」

嬉しそうに、隣で理一が笑った。

「僕の好きな人は、すぐに赤くなる」

「そこが可愛い。無性にキスをしたくなる」

「え」

「キ……」

天秤がバランスを崩し大きく傾いた瞬間、まったくもって空気を読まない車内アナウンスが間もなく終点だと告げ、凜はここが電車の中だったことを思い出した。

電車を降りると、町には夜の帳《とばり》が降りていた。汗を流そうとふたりして銭湯に寄った。またのぼせるといけないからと、凜はそそくさと湯から上がってしまったが、本当は理一の裸を、まともに見ていられる自信がなかったからだ。

「それじゃエミさんは」

肩を並べて歩く夜道。問いかけた凜に、理一は前を見たまま「ああ」と頷いた。路地の外灯に照らされたその髪が、まだ少しだけ濡れていて、それもまたかっこいいと凜は思う。

「彼女は、きみを気に入っていたんだ」

少なからず驚く凜をちらりと一瞥《いちべつ》し、理一は長いため息をつく。

最後の角を曲がると、目の前にひまわり荘が見えてきた。

「凜くんに彼女はいるのかと、何度も聞かれた」

「全然気がつきませんでした。おれはてっきり、エミさんは理一さんを好きなんだと」

「相談されていたんだ。曰《いわ》く『こう見えてあたし、自分から告白とかチョー苦手なタイプなんです』と」

つらつらと、エミの言葉を思い出す。

『凜くんって、彼女とか、いる？』

『さっき理一さんに聞いたんだけど、知らないって言うんだもん』

あの時はてっきりふたりが、自分をネタに仲よく話しているのだとばかり思っていた。

「彼女がきみのためにハンカチを探しているのを見て、なんだか胸がざわざわした。それは今まで感じたことのない、とても嫌な感情だった。多分僕は、きみがエミさんのハンカチを使うのが、嫌だったんだ」

理一がまさかそんなことを考えていたとは、思いも寄らなかった。

「あの後、僕は彼女に嘘をついた」

「嘘？」

ひまわり荘の錆色《さびいろ》の階段を、理一の後について上る。二〇二号室の前で、理一はポケットから鍵を取り出し、いつもより少し乱暴に鍵穴に差し込んだ。

「入って」

「……はい」

理一の部屋に入るのは、三週間前のあの夜以来だ。

「上がって」

心臓が、トクンと小さく乱れる。凜は促されるまま靴を脱いだ。理一は後ろ手に玄関ドアを閉め、ドアチェーンを掛けた。

「きみは、僕と彼女の前で『彼女なんかいない』と宣言した。駅まで送る道の途中で、彼女はとても上機嫌に言ったんだ。『理一さんから、私の気持ちを凜くんに伝えてもらえませんか』と。僕は、咄嗟に嘘をついた。『彼女はいないようだが、好きな人がいるようだ』とね。自分がなぜそんな嘘をついたのか、あの時はよくわからなかった。けれど」

居間の蛍光灯の下、理一がゆっくり振り返った。

「あの夜きみが、紙袋を抱えて訪ねてきて……ああいうことになって、やっぱりダメだと泣いて、さよならと叫んで出て行った。僕はわけがわからなくて、パニックになった。それからしばらく呆然とした後……思った。絶対に嫌だと。きみとさよならなんて絶対にしたくないと、強く思った」

「理一さん……」

「飛んできた譲二に、計三十八回『バカ』と怒鳴りつけられて、僕はようやく自分の気持ちに気づいた。きみがエミさんと付き合うのが嫌だったんだ。きみが誰か他の人のものになるのが嫌で、嘘をついてしまったんだと。だから――」

理一の指が顎に掛かる。それでも顔を上げられない凜に、理一はそっと囁いた。

「正解だよ。さっきのクイズの答え」

恋。

そんな単純な言葉ひとつ、探し当てられない理一だけど、凜にはわかる。

器用そうなのにとてつもなく不器用で、慎重に見えてとんでもなく無鉄砲で、三百六十度どこから見ても完璧に見えるのに、実はとても無防備な人。

「きみが好きだ」

なんの飾りも駆け引きもない告白に、凜の胸は打ち震える。

理一が自分に恋をしている。好きだと言ってくれている。そんな都合のいい現実があっていいのだろうか。もしかしてこれは妄想じゃないだろうか。能天気な脳みそが作り上げた、プロットを提出したら速攻ボツにされそうな、ご都合主義バリバリ全開の妄想小説。

「痛っ」

凜は自分の尻《しり》をきゅっと抓《つね》った。

「どうしたの」

「いえ、なんでも」

夢じゃなかった。妄想でも。

目の前で自分を見つめている理一は、間違いなく本物の理一なのだ。

じわじわと、嬉しさが胸に広がる。

「理一さんは、嘘なんかついていません」

見上げると、いつも涼やかな瞳が驚いたようにゆらゆら揺れていた。

「おれには好きな人がいます。エミさんには申し訳ないんですけど、理一さんは嘘をついていない」

「……凜くん」

「もう一度お願いしてもいいですか？」

「何を」

「キス、してください。今度は逃げないから……」

瞳を伏せ、キスを待つ。

どうしよう震えているかもしれないと、凜は身を硬くした。ところが理一は凜の顎に指を掛けたまま動く気配がない。不安になってうっすら目を開けると……。

「何をしているんですか」

「こんな都合のいい展開があるわけない。これはもしかすると夢かもしれないと思って」

自分の頬を抓ろうとする理一に、凜は笑うしかなかった。

「夢じゃありません。たった今確認済みです」

「確認済み？　どういう——あっ」

理一の首に腕を回し、素早くその唇を奪った。

目を見開いたまましばらく固まっていた理一だったが、やがて夢ではないことを理解できたのか、そっと目を閉じ凛のキスに応え始めた。

「……んっ……ふ」

歯列を割って、理一の舌が入ってくる。上顎をくすぐるように舐められ、凛は背を反らせた。肩胛骨《けんこうこつ》から背筋、腰へと理一の手が下りてくる。まさぐるような手のひらに、立っていられなくなる。

「凛くん」

「……はい」

「もう硬くなってる」

「理一さんも」

「きみの方が硬い」

「理一さんだってかなり」

聞く者を悶絶《もんぜつ》させる強烈に恥ずかしいやりとりも、ふたりだけなら睦言《むつごと》になる。重なるようにベッドに倒れ込むと、硬くなったものが意図せず擦れ合って、一緒に顔を赤らめた。

あの夜と同じ部屋、同じベッドのはずなのに、初めて見るような気がする。多分あの時は尋常な精神状態じゃなかったから。

ただ、心に余裕がないという点では今も同じだ。首筋や鎖骨を這う理一の舌は、凛の思考をじわじわと麻痺《まひ》させていった。

「んっ……」

喉奥から、甘い吐息が漏れる。いつの間にかシャツのボタンは外され、ズボンの前まで開けられている。眼鏡を外されても理一がちゃんと見えるのは、鼻先がくっつくほど近くに顔があるから。

「道具、使おうか。まだ取ってあるんだ」

部屋の片隅に置かれた、見覚えありありの紙袋。ちらりと視線をやる理一が真顔なので、凜は慌てた。

「あれはその、誤解というか、あの、本山さんがですね、あっ」

汗腺《かんせん》を全開にして焦りまくる凜を、理一は思い切り抱き締めた。

「冗談だ」

「はっ？」

「きみが焦って赤くなるのを見たかった」

理一が冗談を。

いつものスーパーで、らっきょうを買うレディー・ガガに遭遇したくらいの驚きだ。

「これだけ、使おうと思う」

理一はあの日半分だけ使ったジェルを取り出すと、ブリーフ一枚を残して凜を裸にした。

他に持っていないので仕方がないとはいえ、さすがに毎度白のブリーフというのは、今時の大人の男としてどうなのだろう。

「すみません、またこんなで」

おずおずと俯く凛に、理一は「何が？」と首を傾げた。

「下着、さすがにちょっと色気なさすぎというか」

すると理一は、何を言っているんだと眉を吊《つ》り上げた。

「今日僕は、きみが白いブリーフ以外の下着を着けていたら、とてもがっかりしたと思う」

「……はい？」

「凛くん。きみは世界一白いブリーフの似合う人だ」

「なっ」

「いつもの半纏《はんてん》も、合コンの時のシャツも、もちろん似合っているけれど、残念ながらその似合い具合たるやブリーフの比ではない。僕とふたりきりの時は、いつもブリーフ一枚でいて欲しいくらいだ——はい、足開いて」

化学式の説明でもするようななめらかな口調に騙されて、うっかり納得しそうになるが、理一はとんでもないことを言っている気がする。啞然《あぜん》とする凛の下腹、内股、そして件《くだん》の白ブリーフの上に、とろとろと大量のジェルを落とす手つきは、やっぱりどこか実験めいていた。

「ごめん、冷たいね」

「大丈夫です」

「すぐに温まるから」

いちいち卑猥に解釈しようとする、妄想体質が恨めしい。理一の言葉ひとつで、凜の鼓動はどんどん勝手に速まってしまう。

理一は淡々とした表情でジェルを塗りつけていく。しかし内股を撫で回す手にはあきらかな意思が感じられた。さわさわと指先を遊ばせたと思うと、薄い肉をマッサージするように揉《も》みほぐしてみたり、股の付け根からブリーフの中に少しだけ指を入れて、きわどい部分を擽《くすぐ》ったり。

「やっ……」

凜の欲望はあっという間に膨らみ、まだ直接触れられてもいないそこは、ブリーフを持ち上げようとしていた。その兆《きざ》しに気づいているはずなのに、理一は「脱げ」と言ってくれない。下着一枚が全裸より恥ずかしいこともあるのだと凜は知った。

「あの、理一さん、下着を……アッ」

脱がせて欲しいと口にする前に、理一が生地越しに凜をなぞった。ジェルで濡れた綿を擦りつけられ、凜の熱はくちゅくちゅといやらしい音をたてる。

「どんどん大きくなる」

「やっ……」

ブリーフ越しにも、その形がはっきりとわかってしまう。理一は愛おしむようにそこに舌を這わせると、先端に軽く歯を立てた。

「り、いち、さっ……ああっ、あっ」

生地を隔てているというのに、直接触れられているより感じてしまう。

「膝、立てて」

言われるままに両膝を立てると、理一はブリーフの中に指を滑り込ませ、奥の窄《すぼ》まりを擽り始めた。

「やっ、あっ」

身を捩って逃れようとすれば、先端の敏感な部分を余計に理一の唇に押しつけることになる。前を唇で、後ろを指で愛撫され、頭がくらくらした。

「あ……んっ、ダメ」

それ以上されたら、またひとりだけ先にイッてしまう。凜の限界は伝わっているはずなのに、理一は愛撫《あいぶ》を止めようとしない。

「理一さん、ダメ、もう」

喘ぎながら理一の髪を摑んだ。しかし理一はまるで取り合おうとしない。

「凜くんの『ダメ』というのを聞くと、僕の方がダメになりそうだ」

「何、言って、アッ……ふ」

身体から力が抜ける。

立てた膝が崩れ、凜のそこは理一の指を思いがけず深く呑み込んでしまう。

「あっ、あ、やっ」

「深く入っちゃったね」

「ダ、ダメです、抜いてっ」

「抜く？　そんなもったいない」

すぐに抜いてくれると思ったのに、理一は凜の内壁に、指の腹を擦りつけ始めた。

「りっ、やだっ、やめ……ああ、あっ」

ビクビクと腰が浮いてしまう。

「イく……イッちゃい、そ、です」

「まだダメ。凜くんの泣きそうな顔、もっと見ていたい」

「む、無理、もう……」

ダメと言いながら、理一は指の動きを止めない。

この期に及んで凜はようやく気づく。理一は変態ではないかもしれないが、相当に、ものすごく、桁外れにエッチだ。かなりSっ気も感じられる。そして一番の驚きは、そんな意地悪な責め立てに、どうしようもなく感じてしまっている自分だ。

「凜くんのお尻の中、ひくひくしている。この辺、感じる？」

「アァッ、いっ、ヤッ……」

「こちら側の方はどうだろう」

理一は凛の中で、ぐるりと指を回転させた。

同時に生地ごと咥えた凛の先端を、舌で強く刺激した。

「あっ、も、出そっ……」

「出そうなの？」

表情こそ変わらないが、その声はどこか嬉しそうだ。

「理一さ、んっ」

「もうちょっと我慢して」

「で、でも、ひっ……アァァッ！」

我慢にも限界がある。凛はブリーフを穿《は》いたまま、激しく達してしまった。

ドクドクと放ったものは、そのまま凛の下腹をべっとりを濡らす。幼い頃粗相をしてしまった時の、切なくて情けない感覚が蘇る。

「ひ、ひど――んっ、ふ」

ひどいじゃないですかという抗議は、キスに封じられた。

「可愛かったよ凛くん。すごく、ものすごく可愛かった」

甘い声でそんなことを囁かれたら、凛の抗議など一瞬で霧消してしまう。理一が喜んでくれるのならちょっとくらい恥ずかしくてもま、いいかという気持ちになるから不思議だ。

ところがべどべとになった凜のブリーフを満足げに見つめていた理一が、突然「あっ」と声を上げた。

「僕としたことがなんということを」

ようやく少々やりすぎたと気づいたのか、理一はしまったという顔で眉間に皺を寄せた。

「凜くん」

「はい」

「つかぬことを聞くけれど、替えのブリーフは」

「あります」

間髪容れず答えると、理一はホッとしたように「よかった」と微笑んだ。

「さっき銭湯で替えたばかりの新しいブリーフを汚してしまって、きみが今夜ノーパンで寝なければならなくなったらどうしようかと心配した」

「おれは確かに貧乏ですけど、パンツ二枚しか持っていないわけないじゃないですか。というか心配するところはそこですか」

やけにブリーフに食いつく理一が可笑しかった。

激安価格・三枚セットで四百八十円の白ブリーフが、一体何を刺激したのか。よくわからないが、とにかく理一の心のイケナイツボを押してしまったことだけは確からしい。理一はひとり「よかった」と納得し、汚れたブリーフを脱がしにかかった。

いよいよ全裸にされた凜の前で、理一も自らを覆うものを取り去る。適度に筋肉のついたしなやかな身体に、凜の鼓動はまた、とくとくとせわしく駆け足を始めた。

「凜くん」

不意に熱を帯びる理一の視線はずるい。本人に反則の意識などないのだろうけれど。

「……はい」

「きみを抱きたい。きみが全部欲しい。いいかな」

「理一さ……」

長い腕が、ふわりと凜を包む。答えは聞いていないということかと思ったが、どうやらそうではないらしい。しっとり汗ばんだ胸に押しつけた凜の耳は、自分と同じ速さで高鳴る理一の鼓動を聞き取った。

理一にも余裕などないのだ。返事の代わりに凜は、理一の背中に腕を回した。

それを合図に、ふたりまた唇を重ねる。

自分の妄想体質については、諦めと同時に妙な自信を持っていた凜だが、この夜理一にされたあれこれは、その認識を世界の果てまで吹き飛ばすのに十分だった。そもそも理一に出会うまでの妄想は、朝チュンが基本だった。朝まで眠らせてもらえない日が来ることなど、思いもしなかった。

理一の舌が触れていない場所など、もう凜の皮膚には存在しないかもしれない。ただの模様程度にしか思っていなかったささやかな胸の突起を、しつこく甘嚙みされ、凜はあやうく達しそうになった。

ほかにも理一は、たとえば腰骨の上だとか膝の裏側だとか、凜自身知らなかった性感帯を次々に見つけ出す。そしてひとたび反応を見せると、そこばかり集中して攻めたてるので、凜は長い時間声をからして喘ぐことになった。その間触られていない中心も、切ない体液に濡れ硬く保たれていた。

さっき指を挿《い》れられた場所に、今度はぬめぬめと舌先を抽挿《ぬきさし》される。凜が涙混じりに「嫌だ」と訴えても理一は「でもこうするともっと大きくなる」と、憎らしい分析結果を嬉しそうに告げた。もっとも凜自身途中から、嫌だとかやめてだとか、どれほど本気で言っているのかわからなくなっていた。

「理一さん、もう、いい」

「もう少し解さないと」

「も、大丈夫だから」

またひとりで先にイッてしまうのは嫌だった。

「理一さんのを挿れて……ください」

自分で放った言葉にドキリとした。理一も同じくらい驚いた様子で、凜をじっと見つめる。

これから理一とセックスするのだと、あらためて自覚した。

「ゆっくりするけど、苦しかったら我慢しないで。途中でやめるから」

「……はい」

怖くないと言ったら嘘になる。この先のことは妄想すらしたこともなかったから、どうしたって身体が強《こわ》ばってしまう。

「力、抜いて」

「……はい」

理一が入ってくる瞬間、さすがに凜は息を詰め、歯を食いしばった。

「い……っ」

細い器官を圧迫するものの大きさは予想以上で、痛くて苦しくて我知らず眦が濡れた。だけど声は上げなかった。優しい理一はきっと、本当に途中でやめてしまうから。

「痛くない？」

「だいじょ、ぶです」

「苦しくない？」

「平気……」

凜の状態を確認しながら、ゆっくりと理一が入ってくる。焦れったいくらいの時間を繰り返すキスが埋めてくれた。

「好きだ。きみが大好きだ」

「理一さん……」

「こんなに誰かを愛おしいと思ったことは、初めてなんだ」

すべてを凜の中に収めた理一は、少し照れたように告げた。

「どうして泣いているんだ。苦しい？　痛い？」

理一が心配そうに顔を覗き込む。凜は首を振り、涙を拭った。

「好きです。おれも理一さんが好き。好きすぎて泣けてきちゃったみたい」

「凜くん……」

言葉で仕事をしているからこそ、言葉は万能じゃないと知っている。けれど今ほど強くそう感じたことはなかった。

好き好き大好きと、たとえ百万回繰り返しても、この気持ちを表すことは難しい。だから人は身体を繋げるのかもしれない。愛や感謝や独占欲の入り交じった、甘く切ない思いを伝えるために。

理一がゆっくりと抽挿を繰り返す。深く、浅く、また深く。

「ああ……」

貫かれる喜びは、あっという間に痛みを凌駕《りょうが》した。凜自身さえ触れたことのない場所に理一がいる。そう思ったらまた、涙が出た。

理一は腰を揺らしながら、凜の中心を擦り上げる。内と外から刺激され、凜はたまらず高い声を上げた。

「ああ、やっ、理一さっ」

「凜くん……」

理一の呼吸も、次第に不規則になる。ぬちゃぬちゃという卑猥な水音に煽《あお》られるように、理一は腰の動きを速めた。全身をぞくぞくと、その瞬間が駆け上がってくる。

「りい、さっ、も……」

伝えようとしても、もう言葉にならない。

「いいよ、凜くん。イッて」

「理一さ、りい、ち、さっ……」

泣きながら、名前を呼んだ。中で理一が硬くなるのがわかった。

「あ……あっ！」

がくがくと身を震わせ、凜は果てた。次の瞬間理一も、低く唸《うな》って動きを止めた。

きつくきつく抱き合いながら、ふたりはもう一度唇を重ねた。


「どうした譲二、目が充血しているぞ。珍しく徹夜でレポートでも書いていたのか」

翌朝十時。訪れた本山の目は、確かに赤く充血していた。

そしてなぜかとても不機嫌だった。

「あーあー、おかげさまで、昨夜は久々に完徹だったよ。斜め上で朝方までガタガタギシギシやられて、レポートどころじゃなかったけどなっ！」

一〇二号室に人が住んでいたら、ぜってー殴り込まれてたぞと、本山は盛大なため息をついた。

「朝っぱらから何を息巻いているんだ。僕も凜くんも少し寝不足だから、用件は手短に頼む」

「あぁーのぉーなあぁぁ」

理一に九割、凜に一割の配分で突き刺さる、恨めしげな本山の視線がいたたまれない。ベッドの上、辛うじて理一のシャツにくるまった凜は、消え入りそうな声で「スミマセン」と呟いた。呼び鈴が鳴るまで素っ裸だったことは、多分バレバレだろう。

実は昨夜、大学対抗デラックスクイズのスタッフが、何度も理一に電話を入れていた。放送終了後、賞金の使い道を尋ねられた理一は正直に「全額寄付する」と答えていた。クールな口調で告げられた思いがけない台詞に、番組スタッフは騒然となり、噂を聞きつけたスポンサーやその周囲から続々と、向日葵の家に寄付が集まっていたのだ。

「お前が電話に出ないから、昨夜遅くＡＤの友達から俺んとこに電話が来たんだぞ。家電ないんだから、携帯の電源は入れとけよ」

「すまない。昨夜は少々取り込んでいた」

「あれのどこが少々だっ！」

すみませんっ、と思わず縮こまった凜に、本山は首を振った。

「凜くんは悪くない。悪いのはそこの、涼しい顔したエロエロ科学者だ」

「譲二、何か飲むか」

「いらねえよっ！」

まるで意に介さない理一に、譲二は諦めて立ち上がり、

「あらためて今日、お前んとこに連絡があると思うけど」

若干遠慮《じゃっかん》がちに、視線を凜に向けた。

「何はともあれ、よかったね、凜くん」

「本山さんには、何もかもお世話になりました」

サイズの合わないシャツの襟元を押さえながら、ぺこりと頭を下げる凜に、本山はようやくいつもの人なつこい笑顔を見せた。

「理一に無体なことされたらいつでも相談に乗るからな。って、もうされちゃったか」

部屋の片隅の妖しげな紙袋をちらりと見る本山に、理一はしれっと言った。

「心配には及ばない。相手のことを本気で思っていれば、本気で嫌がっているのかそれとも本当は嫌じゃないのか、自ずとわかるものだ。凜くんの表情を見ていれば僕にはわかる。愛

し合う者同士というのは、そういうものなんだよ、譲二」

そんなこともわからないのかと言わんばかりに鼻白む理一に、本山は眉間を押さえて白旗を揚げた。

「もういい。馬に蹴《け》られる前に帰るわ」

「どうした、また頭痛か？　あまり頻繁なようなら病院に行った方がいいな」

「気遣いありがとう。しかしお前と友達でいる限り、この頭痛は一生治らんと思う」

理一はきょとんと首を傾げる。まるでかみ合わないふたりの会話に、凜はベッドの上で乾いた笑いを浮かべた。朝まで無体なことをされた結果、足腰が立たなくなってしまったのでこうして座っているしかない。

んじゃな、と片手を挙げたところで、本山はふと何かを思い出したように振り返った。

「そういえば凜くんさ、前に俺に『事情を内緒にして欲しい』って言ってだろ。結局あれはなんだったの？」

「事情？」

「ほら公園で。あの時は俺、凜くんの仕事のこと誤解してたから、てっきり内緒にして欲しいのはその話だと思ってたんだけど、なんか別の話だったのかなって」

「……あっ」

唐突に思い出した。事情というのは他でもない、日がな一日壁に耳を押し当て、理一の部屋の様子を伺っていたことだ。てっきり本山に見抜かれていたのだと思い込み、内緒にしてくれと頼んだのだ。

「えっと、いえその、た、大したことじゃ、ないんです」

変な汗が噴き出す。上手い言い訳はないかときょろきょろしていると、窓の下にまだ緑色をしたひまわりが見えた。

「庭でひ、ひまわりの種を食べているところ、本山さんに見られちゃったと思って、だから内緒にして欲しいと」

「ひまわりの種ぇ～?」

咄嗟の嘘に、理一と本山はシンクロで仰《の》け反《ぞ》った。「いや、それ見てないから全然」と本山が首を振る。「あれは生で食べられるのか」と理一が目を剝く。

「えっと、あの、それはですね」

しどろもどろで俯くと、肩にふわりと理一の腕が回った。

「よほどお腹が空いていたんだね。可哀想に」

頬にちゅっとキスまでされ、凜の血圧は一気に上昇する。

「理一、てめーは朝っぱらから。少しは慎め!」

「すまない。カリカリとひまわりの種を囓る凜くんを想像したら、ついムラムラと」

「ムラムラって、お前……あ、目眩してきたわ」

気の毒な本山は「勝手にやってろバカップルめ」と言い残し、よろよろとよろめきながら帰っていった。無論理一は一切気にとめない。

「凜くん、飲み物はオレンジジュースでいいかな」

「すみません、おれも手伝います」

「いいからきみは座っていなさい。……そういえば駅の裏で、頭痛目眩外来という看板を見た気がするな。あとで譲二に教えてやろう」

基本的に友達思いの理一は、そんなことを言いながら凜のためにトーストを焼き始めた。トースターのタイマーを回す姿がこんなに素敵な人は、世界中を捜しても他にはいない。理一の真剣な横顔を眺め、凜はしみじみ思う。

——いけない二秒ずれた、とか思ってるのかな。くうぅ、格好よすぎる。

これからこんな朝を、何度迎えるのだろう。幸せすぎて怖くなる。

チン、と出てきたトーストの焼け具合を確認する姿もキマッている。皿の上の正方形を俯《ふ》瞰《かん》し、次いで裏返し、最後に右から左から確認して小さく首を傾げた。表情は変わらないがおそらく若干納得がいかなかったのだろう。

不意に、昨夜の理一を思い出した。凜の身体のあちこちを、まるで裏側まで確認するように手でなぞったり指で摘《つま》んだり。無表情でクールな理一が漏らす熱い吐息、その瞬間の声、表情——あんな理一を知っているのは、多分自分ひとりだけだ。

凜だけが知っている理一。凜だけに与えられる理一の熱。

「ダメダメ。これ以上思い出しちゃダメだ」

蘇ったあれこれに、うっかり股間《こかん》が反応しそうになる。

実際に体験したことというのは、妄想よりずっとやっかいだ。白いベールももやもかかっていなければ、暗転して朝チュンなんてこともない。妄想世界というのは、何もゼロから作り出すものばかりではないと知った。美鈴も経験は大切だと言っていたし。理一にされた様々を元に、これからもっと凄いことやもっともっとエッチな妄想を……。

「ダメだ。ホントにこれ以上は危険――でも理一さん、お尻の形もすごくよかったなあ、きゅっとしてて」

梅雨晴れのさわやかな朝に、まるでふさわしくないシーンを頭から追い出そうとしても、気怠《けだる》い身体の隅々にまで理一の感触が残っているから困る。トーストを焼いている後ろ姿でいかがわしい妄想されているなどと、キッチンの恋人は夢にも思っていないだろう。

「凜くん、何か言った？」

「い、いえ、なんでも」

「少し焼きすぎたようだ」

理一がトレーに載せた朝食を運んできた。

理一の焼いてくれたものならなんだっていい。カエルとワニ以外だったら。

「すみません、朝ご飯まで」

「気にすることはない。召し上がれ」

確かに若干色の濃いトーストに歯を立てると、サクリと小気味いい音がした。バターの風味が口いっぱいに広がる。

「すごく美味しいです。香ばしくて。こんな美味しいトースト食べたことないです」

「プルンチョより？」

「プルンチョより」

ふたりは微笑み、どちらからともなく唇を近づけた。

啄《ついば》むようなキスの合間、理一が囁いた。

「明日のトーストに載せてあげるからね」

「何を？」

「ひまわりの種」

笑いながらまた口づける。

キスの合間に仰いだ窓の外、眩しいほど空が青い。

夏はもう、すぐそこまで来ている。

疑惑のホワイト

「こっ、こんなにいろいろあるんだ」

フロア奥の陳列棚。ずらりと並んだ商品の前で、坊上凜《ほうじょうりん》は思わずうむ、と腕組みをした。

もっと地味めのラインナップを想像していた凜は、己の世間知らずぶりを再認識する。

「ヒョウ柄、星柄、ハート柄……結構派手だなぁ。あ、ドクロ柄。これ本山《もとやま》さんにいいかも。さすがに真っ赤はちょっと……還暦になってからでいいや。黄色と黒の縞々《しましま》ねぇ……阪神ファンが穿《は》くのかな。あっ、イチゴ柄！」

小さなイチゴの模様がちりばめられたボクサーショーツは、驚いたことに子供用などではなく、れっきとした紳士物だった。凜は瞳を輝かせる。

「これ穿いたら、理一《りいち》さんなんて言うかな。凜くん今日はいつになく可愛いパンツだね。どれどれよく見せてごらん、おお、これは僕たちイチゴ同盟にふさわしい素敵な柄だ。ご褒美に今夜はいつもよりもっとエッチなことしてあげる——なんて言われちゃったりしてっ！」

えへら、と勝手に頬《ほお》が緩む。とはいえ「いつもよりもっとエッチなこと」など何ひとつ思い浮かばない。決して凜の想像力が足りないわけではなく、それほど〝超絶エッチ〟なことを毎夜毎夜理一としている、というだけのことだ。

「何かお探しですか」

若い女性店員に後ろから声を掛けられ、凜はひくりと身を竦《すく》ませた。

「あっ、はい、じゃない、いいえ……その、えっと」

「そのイチゴ柄、可愛いですよね。今シーズンの新作で、超売れ筋なんです」

売れ筋と聞いて一瞬心が揺らいだが、チラ見した値札の価格は、可愛い模様とは裏腹なまるで可愛くないものだった。プルンチョがいくつ買えるだろうと頭の中で電卓を叩き、凜は断腸の思いでイチゴパンツを棚に戻した。

凜がこの日デパートの下着売り場を訪れたのには、理由があった。

——白いブリーフって、世間的にはどうなのだろう。

理一と付き合い始め、凜は初めて自分の下着について考えるようになった。それまでの凜にとってパンツは、生きていく上で必要なもののランキングの、最下位付近に位置づけられていた。パンツのゴムが伸びていても腹は減らない。穴が空いていても死なない。だから近所のスーパーの投げ売りで、数年に一度購入するだけだった。

そもそも白いブリーフに特段拘《こだわ》りがあるわけではない。単に柄だの色だの、いちいち考えるのが面倒なのだ。向日葵《ひまわり》の家にいた頃も、男の子はみな白ブリーフで、他の子のものと間違えないように、お腹のところに「りん」とか「しょうた」とか、マジックで大きく名前を書かれていた。

理一はいつも凜の白ブリーフについて、とてもよく似合っているとか実に愛らしいとか、いささか過剰な褒《ほ》め言葉をくれる。しかしそれは、本音ではないのだろうと凜は思っている。凜の貧乏を知っているからこその、深い思いやりなのだ。

三日前のことだ。凛は思い切って、いい加減ゴムの伸びきって生地の薄くなったブリーフをすべて処分し、生まれて初めてトランクスというものを買ってみた。どうということのない縦縞。しかもスーパーの激安品だが、今時小学生でもほとんど穿いていない（らしい）白ブリーフよりはマシだろうと思ったのだ。

しかし思惑は大きく外れた。ニュートランクスは、理一をがっかりさせてしまった。

いつもどおり理一のベッドで着衣のままいちゃいちゃの限りを尽くし、もうダメ、と吐息で訴えた凛のズボンファスナーを、理一が半分下げたその時だ。

『凛くん、どうしたんだ、これは、一体』

理一は微妙に文法を崩壊させ、訝《いぶか》るように凛の下着を見つめた。

『新しいの、買ったんです』

理一の視線の先には、まだ糊《のり》の利《き》いたトランクスがあった。

『なぜだ』

『なぜって……』

説明すべきか否か、半裸のまま悩んでいると、理一は慌てた様子でとびきり優しいキスをくれた。しかし凛にはわかってしまった。あの顔は相当がっかりしていた。普段ほとんど表情を変えない理一が、あんなに眉間に皺《しわ》を寄せるなんて、よほど落胆したに違いない。いつもは凛が染みを作るまでブリーフを脱がせてくれない理一が、いともあっさりとトランクスを取り去ってしまったのが、何よりの証拠だ。

原因は、おそらくトランクスが安物だったからだろうと凜は分析した。大量生産のためか縫製が雑で、新品なのにボタンが取れ掛かっていた。ありふれた縞模様も、どことなく三枚四百八十円な雰囲気を醸《かも》し出していた。色形は変わっても、結局安物には違いない。

——やっぱり、一枚くらいはちゃんとしたパンツ、買った方がいいよな。

そんなわけで凜は今日、デパートなどという来慣れない場所にやってきたのだったが、自分には場違いだと思い知らされただけで、結局手ぶらで帰ることになってしまった。

エレベーターで一階に下りる。たまにはデパ地下で何か美味しいものを、などという誘惑を断ち切り、脇目《わきめ》もふらずエントランスへ向かう——つもりだったのに、エスカレーターを地下へ下りていく背の高いシルエットを見つけ、凜は思い切り脇目をふった。

「理一さん……?」

咄嗟《とっさ》に、横に立っていたマネキンの背中に回った。別に隠れる必要はないのだが、何をしに来たのかと聞かれ、実はパンツを買いにとは、いかにも言いにくい。

理一は何を買いに来たのだろう。凜はマネキンの脇の下からこっそり顔を出した。手元まで確認はできないが、地下に下りたところをみると、目的は食料品かもしれない。この間『ライオン堂の水ようかんに、抹茶味が出るらしい』と言っていたから、もしかすると……。

凜はへろんと眦《まなじり》を下げ、いそいそとバス停へ向かった。

「ライオン堂の水ようかんの抹茶味だ！」

ほどなくやってきた理一のお土産《みやげ》に、ひと足先に帰っていた凜は驚喜した。「やっぱり」のひと言を呑み込むのに難儀したが、ちょっと期待していた分、喜びは大きかった。

「限定品なんだそうだ。それがラストひと箱だったよ」

「そんな貴重なものを、おれのために」

「凜くんが美味《おい》しいと言ってくれるなら、僕は北極にだって買いに行く」

冗談なのだろうが、本当に行ってしまいそうだから怖い。

「冷蔵庫で、冷やしてから食べるといい」

「いつもすみません」

「気にしなくていいよ。ついでだったから」

「ついで？」

凜は目を瞬かせた。てっきり水ようかんを買うために、わざわざ出かけてくれたのだと思ったのだが、どうやら違ったようだ。

「凜くん、こっちにおいで」

上着を脱いだ理一が、窓辺で手招きしている。

おずおずと近づくと、長い腕が伸びてきて、ふんわりと抱き寄せられた。

「……理一さん」

——まだ明るいのに……でもま、いっか。

凛は理一の胸に頬を預け、うっとりと目を閉じた。ほのかに香る理一の匂いが、鼻腔《びこう》を通じて身体中に染み渡っていく。科学の権化のような理一が、ふと人間に戻るこの一瞬が、凛は一番好きだった。

「凛くん」

「はい」

「今から僕はきみに、とても大切な告白をする」

「告白？」

思いがけない言葉に、凛は真上にある端正な顔を見上げた。

「いつか打ち明けなくてはならないと思っていた。ずっと言えなくて……しかしいつまでも黙っているわけにはいかない」

芸術的なアーチを描く眉が、何かに苦悩するように歪んでいる。

「真実を伝えることで、たとえきみに嫌われることになったとしても仕方がないと思っている。ずっと秘密にしておければよかったのかもしれないけど、僕はもう自分を偽ることはできない。限界なんだ。だから今日、今、ここで告白する」

ひどく苦しげなその声に、凛はとてつもない不安に襲われた。理一がそんな深刻な秘密を抱えていたなんて、今の今までまったく気がつかなかった。

こんな密着した状態で打ち明けようとするのだから、告白は凛に関することに違いない。そしてどうやらあまりいい話ではなさそうだ。薄っぺらい胸の内側で、心臓がドカンドカンと派手に暴れ出した。

——どうしよう。おれ、何か理一さんの気に障るようなこと、しちゃったかな。

つらつら考えるに、思い当たることがないわけではない。

半月ほど前、アパートの庭で、以前理一に「退けてほしい」と頼まれたあの太った猫に再会した。あまりの可愛さにも抱き上げてもふもふしているところを、うっかり理一に見られてしまった。自分が苦手な猫にもふもふするなんて、理一は相当不愉快だったに違いない。

先週のあれも相当マズかった。このところの天候不順で、葉もの野菜が高くて買えず、仕方なく近所の公園で食べられそうな雑草を探していたところを、うっかり理一に見られてしまった。いくらなんでも雑草を食べるなんてと、理一は心から呆れたに違いない。

他にもまだある。申し訳ないと思いながら、時折理一の買ってきてくれるスイーツを、死ぬほど楽しみにしていることも、きっととっくにバレている。あからさまに嬉しそうな顔をしてしまうから、なんて図々しいやつだと思われているに違いない。

エッチの時、だんだん硬くなってくる理一のアレを、見ないふりをしてチラチラ見ていることも絶対にバレている。凛くんって、童顔のくせにめちゃくちゃエロいんだなと思われているに違いない。

まだまだ他にもいろいろ——いや、多分どれも違う。

おそらく理一にこれほど深刻な顔をさせている元凶は、パンツだ。間違いない。

二十三にもなって白のブリーフ。それも股繰《またぐ》りが伸びて、時々うっかり横からタマタマが見えてしまうような。だからトランクスを買ったのに、気に入ってはもらえなかった。こんなことならさっきのデパートで、ケチケチせずにイチゴ柄のボクサーショーツを買うんだった。今ここで「実は……」とズボンを脱いで見せれば、「凜くん、やっと気づいてくれたんだね」と理一は笑顔を見せてくれたはずだ。

後悔先に立たず。

涙目になる凜を、理一はぎゅっと力一杯抱き締め、絞り出すように言った。

「ブリーフを」

ああやっぱり振られるんだ。凜の胸に、今世紀最大の悲しみが渦巻く。世の中広しと言えど、白ブリーフが原因で振られるのは、自分くらいだろう。悲しすぎて声も出ない。

「白のブリーフを」

理一が腕を解いた。これで終わりなのかと、凜は絶望する。

「穿いていてほしいんだ。いつでも」

「……え」

聞き間違えたかと小首を傾げる凜に、理一はすーっと紙袋を差し出した。

さっきニアミスした、あのデパートのものだった。

「……これは？」

「開けてみてくれないか」

何がなんだかわからないまま、凜はごそごそと包みを開けた。

「こ、これっ、うわっ」

中から出てきたのは目にも眩しい、真っ白なブリーフだった。

それも一枚二枚じゃない。

「にぃ、しぃ、ろく……」

二十枚あった。

「凜くんには、いつも白のブリーフを穿いていてほしい。無論、僕の身勝手な押しつけだということは重々承知している。いろいろなパンツを穿いてオシャレを楽しみたいという、きみの気持ちもわかる。たとえば三日前に穿いていたトランクス。あれも別に悪くはなかった。悪くはなかったのだがしかし、まことに残念なことに白のブリーフには遠く及ばない」

「あの、理一さん、おれは」

「これは、インプリンティング――つまり刷り込みと言ってもいい」

「刷り込み……」

ブリーフを穿いた親鳥の後を、ピヨピヨと付いていくひな鳥・理一が頭に浮かんだ。

「僕にとって凜くんのイメージはニアリーイコール、白ブリーフなんだ。汚れのない白い木綿こそが、きみだ」

「ニアリー……って」

多分「≒」コレのことだろう。頭の中は爛《ただ》れまくっていたが、理一に会うまで汚れを知らない身体だったことは事実だ。

「こんなお願いをする僕を、きみは軽蔑《けいべつ》するかもしれない。けど僕はあの日、初めて白いブリーフを穿いたきみを目にした瞬間、胸一杯に広がった狂おしいほどの愛おしさを、どうしても忘れることができない。現代の科学では説明のできない感情だ。だから……あっ」

世にも難しい顔で「ブリーフ・ラブ」を語る理一に、ぎゅうっと抱きついた。

「嬉しいです。すっごく嬉しい」

「えっ……」

「ブリーフ、ありがとうございます。毎日穿きます。一生穿きます。大切に穿きます」

「本当に？」

はい、と頷き顔を上げると、理一の瞳がゆらりと揺れた。

「理一さんが買ってくれたものなら、Tバックだって褌《ふんどし》だって嬉しいです。ああでもこれ、全部穿きつぶすまでには、十年以上かかると思うけど」

「全部穿きつぶしたら、また僕に買わせてほしい。十年後も、二十年後も、三十年後も」

これはもしかしたらプロポーズだろうか。きっとプロポーズだ。うん。間違いない。

凜の胸に、今世紀最大の喜びが渦巻く。世の中広しと言えど、三十年後もブリーフを買ってやるからとプロポーズされるのは、自分くらいだろう。

すぐに見たいと言うので、新しいブリーフに穿き替えた。着替えさせてあげるという申し出を丁重に断ると、理一はちょっと不満そうだった。

「ど、どうでしょう」

凜の声に、理一が振り返る。ふたりきりとはいえ、昼下がりにブリーフ一枚はかなり恥ずかしい。頬を染める凜に、理一は「完璧だ。素晴らしい」と感嘆の声を上げた。

「さらさらで穿き心地いいです。サイズもぴったり」

「それはよかった」

理一は満足そうに大きく頷き、おいでと手招きをした。

どちらからともなく唇を重ねる。

理一の手のひらが、いつもより性急に凜のあちこちをまさぐった。首筋を軽く歯を立てられ、甘い吐息が漏れる。窓の外、騒がしかった子供たちの遊び声が、次第に耳に入らなくなった。

「んっ……」

キスは徐々に湿度を増し、つられるように愛撫もきわどくなる。理一の指が木綿の生地越しに、芯《しん》を持ち始めた凜を擽《くすぐ》った。

「もう濡れてる」

「理一さんが、弄《いじ》るから」

腰をもぞもぞさせ、そろそろ脱がせて欲しいと暗にねだったが、予想どおり無駄だった。

「べとべとに濡らして、いいからね」

それはそうだろう。替えはいくらでもある。

「ブリーフの中に出しちゃう時の凜くんは、本当に可愛い。世界一可愛い」

真顔でそんなことを言う理一は、かなり変な人だと思う。けれど、暴かれる羞恥《しゅうち》と愛される喜び、そのどちらも同じくらいセックスを甘くすると、教えてくれたのは理一だ。

「愛してる」

「おれも、愛してます」

「ライオン堂の水ようかんより？」

「ライオン堂の水ようかんより」

鼻の頭を擦《す》り合わせ、くすくすと笑い合う幸せな時間。

どんなスイーツより甘いひと時に、凜は身体ごと蕩《とろ》けていった。

あとがき

こんにちは。または初めまして。安曇ひかるです。このたびは『ひまわり荘の貧乏神』をお手に取っていただきありがとうございます。某ドラマの天才物理学者Y川先生を上回る変人・偏屈・朴念仁な理一と、妄想爆走ノンストップ体質のちょっとエッチな貧乏神・凛。どう考えても〝混ぜるな危険〟なふたりを、強引に混ぜてみましたわけですが、はてさてケミストリーは起きたでしょうか。

書きながら、気がつくと「みちのくひとり旅」を口ずさんでいたのは、もちろん準主役、あのスカル男のせいです。ホントいいやつですよね、譲二。彼には一日も早く合コン生活にピリオドを打って幸せになってもらいたいものですが、合コンを取り上げたら人生の楽しみがなくなって、早々にボケちゃう気もします。

おんぼろアパートで赤貧生活を送る貧乏神――というプロットを最初に書いたのは、実はずいぶん前のことで、今ちょっと調べてみたら、なんと二〇〇八年の三月でした。五年前もですね。紆余曲折ありましたが、今回ようやく作品として完成させることができて、感無量です。ここまで正面切ったラブコメを書くのは、久しぶりでした。デビュー作以来です。コメディは読むのも書くのも大好きで、小説などというものを書き始めた当初は、ほとんどがコメディだった気がします。突然思いついたネタに笑いが止まらなくなって道路で蹲ったことも。とんだマヌケ野郎ですね。懐かしいです。

鈴倉温先生、可愛らしいふたりのイラストに、ひと目でハートを射貫かれました。ありがとうございました。カバーラフをいただいた際、凜の頭にカエルを発見！　日頃よりカエル大好き人間で（食べませんけど）、携帯ストラップに青いカエルをぶら下げている私は「おおっ！」と思わず躍り上がりました。本当に嬉しかったです。

末筆ながら、最後まで読んでくださった皆さまと、本作にかかわってくださったすべての方々に心から感謝・御礼申し上げます。ありがとうございました。

二〇一三年　三月

安曇ひかる

✦初出　ひまわり荘の貧乏神……………書き下ろし
疑惑のホワイト……………………書き下ろし

安曇ひかる先生、鈴倉温先生へのお便り、本作品に関するご意見、ご感想などは
〒151-0051 東京都渋谷区千駄ヶ谷 4-9-7
幻冬舎コミックス　ルチル文庫「ひまわり荘の貧乏神」係まで。

RB 幻冬舎ルチル文庫
ひまわり荘の貧乏神

2013年4月20日　　第1刷発行

✦著者　安曇ひかる　あずみ ひかる
✦発行人　伊藤嘉彦
✦発行元　株式会社 幻冬舎コミックス
〒151-0051 東京都渋谷区千駄ヶ谷 4-9-7
電話 03(5411)6431［編集］
✦発売元　株式会社 幻冬舎
〒151-0051 東京都渋谷区千駄ヶ谷 4-9-7
電話 03(5411)6222［営業］
振替 00120-8-767643
✦印刷・製本所　中央精版印刷株式会社
✦検印廃止

ISBN978-4-344-82817-9　C0193　Printed in Japan